る生活

群ようこ

朝日文庫

本書は二〇二〇年十一月、小社より刊行されたものです。

たべる生活●目次

たべる生活

1　人間の体は食べた物でできている

私が食材を買いに行くスーパーマーケットは三軒あるのだが、店内が改装されたり配置換えされるたびに、パン売り場、お惣菜《そうざい》売り場が拡大され続けている。それに押されて米穀類売り場は縮小の一途であるが、レンチン御飯、おかゆのレトルトは充実している。また散歩がてらに二駅先のスーパーマーケットに行ったら、幅四メートルほどの大きな棚ひとつ分に、レトルト食品の箱やパックがずらっと並んでいた。それだけ需要がある証拠だろう。

私が作るのは自分一人分なので、家族がいる人よりはずっと楽だ。そう話をすると、

「一人だから余計に作るのが面倒くさくないですか」

といわれる。たしかにまとめて量が作れるような料理は、一人分が作りにくかったりする。餃子《ギョウザ》は冷凍できるので餃子の皮一パック分を作るけれど、揚げ物は家でやらないと決めたし、とにかく手間がかかるものや、特殊な調味料を使う料理は作

らずに、会食の際に食べると決めている。

ずいぶん前だが、タイ料理に興味があったときは、スイートチリソース、ナンプラー、中華の豆板醬《トウバンジャン》、甜麵醬《テンメンジャン》、芝麻醬《チーマージャン》、XO醬、オイスターソース、他にもトリュフオイルやら買い揃えたりもしたが、一度か二度、作ったもののほとんどを賞味期限内に使い切ることができず、処分するはめになった。それ以来、そのような調味料を購入するのはやめた。私が外食する回数は、友だちと月に一回のランチと、年に何回かのビジネスランチのみである。私が料理の種類を指定することはないので、友だちや編集者におまかせする。それでも当然ながら、自分が作る料理よりもはるかに豪華でおいしいので、何を食べてもうれしい。それくらいでいいと思っている。

食材、調味料とも何で作られているかが把握できる、ちゃんとしたものは食べたいが、品数が多くなくてはいやだとか、豪勢でなくてはいやだというわけではないので、毎日食べるものに変化を求めてはいない。自分なりに納得して口に入れられるものを作って食べているだけなのだ。

人の生活は、単身者だろうが家族だろうが、それぞれがひとつの国みたいなもので、その国の中で決まりごとがあり、国民が納得していればそれで問題ない。家事、食事を作るのは母親でなくてもかまわないし、食事を作るのが面倒くさいので、毎日、買ってきたお惣菜、コンビニ弁当、カップ麺、外食であっても、国民が納得していればそれでいい。他国の国民があれこれ文句をいう必要はないのである。ただ国王が満足していても、国民が納得していないのであれば、それは問題なのだ。

私の知人が家庭料理に関するデータを集めたいと、子供の友だちや偶然に知り合った大学生から四十代までの男女二十人くらいに、

「父親、母親が作ってくれた料理で、思い出に残っているもの、おいしかったものは何ですか」

と聞いたら、大半の人、特に若者が、

「特にない」

と答えたという。彼女がびっくりして、

「特にないって、どういうこと?」

とたずねたら、そのなかで父親が料理を作る家庭はなく、一緒に外食をした記憶はあるという人はいた。また母親が料理を作らなかったり、作ったとしてもいつもレトルトだったり、お金を渡されて食べたいものを勝手に食べていたので、記憶がないと答えたという。忙しいのはわかるが、子供がいるのにそんなに家で料理を作

らない親が多いとは知らず、

「へええ」

というしかなかった。

母親が料理を作らなかった理由を聞くと、パチンコと答えた人が二人いた。女子学生と三十代後半の社会人の女性だ。学生のほうは小学生の頃から母親はパチンコ店に入り浸りで、母親が買っておいた菓子パンを食べて小学校に行き、昼間は給食。学校から帰って友だちと遊んだりしているうちに夕方になり、お腹が空《す》いたので母親が遊んでいるパチンコ店に行くと、

「これで好きなものを食べなさい」

と千円から二千円を渡されたという。しかし母親も、いちおう子供の食生活はチェックしなければと考えていたようで、ジュースは買ってはいけない、何を買ったかわかるように、店のレシートは母親が家に戻ったときに、おつりと共に渡す、を子供に義務づけていた。

もう一人の女性も同じような状態だが、彼女の場合はジュースなど禁じられていたものはなく、レシートも求められなかった。食べたいものを好き勝手に食べていて、おつりは返さなくてもいいといわれていたので、手元のお小遣いを増やすため

に、なるべく安くてお腹がいっぱいになるものばかりを買っていた。しかし二人ともそういう生活は悲しく、寂しかったというのだ。

　彼女たちだけではなく、話を聞いた人たちは経済的に苦しい家庭の人々ではない。レシート提出を求めた母親は、離婚したものの両親から受け継いだ遺産があり、住む家もあるので働く必要がない。そこでパチンコにのめりこんでいったらしい。好き勝手に食べていた女性の家庭は父親が長期の単身赴任中で、たまに彼が家に帰ってきて、現状を知ってもパチンコ漬けの妻には何もいわず、娘を連れて食事に出かけた。そのときも母親は一緒に来ないで、一人でパチンコ店にいた。大人になってからわかったのは、父親は赴任先で不倫をしていたのが母親にばれてしまい、そのせいで強くいえなかったようだという話だった。パチンコには罪はなく、子供をほったらかしにして、そこまでのめりこんだ母親が、明らかによろしくない。経済的に余裕があったのも、子供たちにとってはよくなかったかもしれない。

　その他の人たちのほとんどは、買って来たお惣菜が食卓に並んでいるか、料理といってもレトルトばかりだったので、母親が台所にいる姿で覚えているのは、レトルト食品を電子レンジや湯の中に入れて温めている姿しかない。惣菜パックが数個、そのまま食卓に並ぶことが多々あったという人もいれば、とりあえずは皿に移して目の前に出されたという家庭もあった。

「お惣菜を皿に移したと聞いただけで、親がちゃんとしていると錯覚を起こすようになった」

私にこの話をしてくれた知人は苦笑していたが、私の想像よりもはるかに家庭の食の現状は崩壊していた。

惣菜を買うのも、コンビニで食べ物を買うのも、カップ麺を食べるのもたまには悪くはない。ただそれらの食材に含まれる成分から、常食するのは避けたほうがいいと思っている。どうしても味が濃く、糖分、塩分が多めで、名前を聞いたことがない、片仮名のわけのわからないものがずらずらと列記されている。手に取っても裏の表示を見ると、とても買う気にならずに元に戻してしまう。それらが体の中に入るのを考えると、どうしても躊躇《ちゅうちょ》してしまうのだ。

私のようなおばちゃんや、大人ならまだしも、成長期の子供の食生活に関して、親が無関心なのは大きな問題だ。私も基本的には料理を作るのが苦手で嫌いなので、いやだという人の気持ちはよくわかる。しかし自分で作って自分で食べる私の場合は、食べ物で体調を崩しても自業自得だが、子供がいる場合はそうはいかない。成長過程にある子供に対しては、親が彼らのために料理をする行為を、好きとか嫌いとかいってはいけないと思う。基本的にやらなくてはいけないことなのだ。せめて高校に入学するまでは、家で食べる子供の食事のバランスを考えるのは、親の責任なのではないだろうか。

だが、親が料理を作ったとしても、彼らがバランスを考えて食事を作るわけではなく、子供が食べたいものばかりを作っているので、日替わりでオムライス、カレー、ハンバーグの三種類が、順繰りに食卓に出たという家もあった。野菜は嫌いだし、せっかく作っても子供の自分が食べないと母親の気分が明らかに落ちるのがわかったので、双方が気分がいいところを考えたら、子供の好きな料理だけを親が作り続けるという結論に達したという。

なのでその人はいまだに野菜が嫌いで食べられないし、食べようともしない。毎日、パック入りの野菜ジュースを昼食後に飲んでいるので、それで十分だといっている。リサーチした知人が、

「それではちょっと栄養が……」

と口ごもると、いったいどこが悪いのかと不満顔になる。それは補助的なもので、食生活のメインにするようなものではないと説明しても、自分の食生活についてあれこれ指摘されるのがいやなのか、みな頑固なくらいにアドバイスを聞かないのだ

そうだ。

母親の思い出の料理がある人でも、出て来るのはハンバーグ、カレーが多い。

「ハンバーグだって肉だねから作っているのか怪しいし、カレーだってルーを使うわけでしょう。それを母親の料理に含めていいのだろうか」

と知人は頭を抱えていた。あまりに若い人の「母親の思い出の料理」の結果が不発に終わったので、「出身地のお雑煮やおせち料理にはどんなものが入っていたか」を聞くようにしたが、お雑煮やおせち料理自体を作る家庭も極端に少なく、

「若い人からはデータを集められない」

とがっかりしていた。

一方で母親が一生懸命に栄養バランスを考えて料理を作っているのに、娘がまったく食べないという家庭もある。小学生のときは食べていたのに、中学生から食べなくなり、高校に入学した今も同様である。いったい何を食べているかというと、お菓子だそうである。父親が会社からの帰りに必ずケーキやお菓子をたくさん買ってくるので、それを食べてお腹を満たしている。娘の生理が止まってしまったので、母親が父親にお菓子を買ってくるのはやめてと頼んでも、聞く耳を持たない。父親はお菓子は食べずに、母親が作った料理を食べているのにである。父親は娘がお菓

子を買ってくる自分に懐いているのがうれしいらしく、毎日、お菓子を買い続けている。娘をかわいがっているようでも、父親は自分のことしか考えていない。理解できない家庭が多すぎるのだ。

私は農山漁村文化協会が版元の全都道府県の「食」が網羅されている「日本の食生活全集」のなかの『聞き書　東京の食事』と「聞き書　ふるさとの家庭料理」のなかの『第18巻　日本の朝ごはん』が大好きで、折に触れて手に取っている。前者には私が子供の頃に食べていた食事がずらりと並んでいてとても懐かしいし、後者にはまだ各家庭に「食生活」がきちんとあった昭和初期の、日本全国の一般的な朝御飯が紹介されている。この県ではこんな朝御飯を食べていたのかととても興味深い。しかしその一方で、あまりの塩分の多さには驚かされたけれど。

便利、裕福になったおかげで、日本人の食生活は急変した。昔は食卓は食事のマナーや箸の持ち方、それらを学ぶ場所でもあったし、親も好き嫌いに関しては厳しかった。それと同時に思い出が作られる場所でもあった。今は基本的な食生活を維持している家庭もあるけれど、何も考えていない家庭が多いのも事実だ。食に神経質すぎるのも困るが、売られているものは毒じゃないから何を食べても大丈夫と、栄養バランスを考えない食べ方をする人たちもいる。それぞれの家庭には他人が立ち入れないルールがある。しかし人間の体は食べた物でできているのだから、その点は頭に入れておいたほうがいいと思っている。

2　料理は最小の労力で最大の効果を

口にするものは大切だといいながら、私は料理が苦手である。昔からずっとそうだ。実家にいるときも、母親に頼まれて手伝ったことはあるが、調理自体に手を出したことはない。母親はとても料理好きで、離婚後に調理師として働いていたせいか、とにかく料理についてては研究熱心だった。なので最初から最後まで自分で作り、私に求められていたのは料理を食べての感想だった。子供の頃からそういう日が続いていたので、私が率先して料理を作ったのは、大学の受験勉強のときの夜食くらいだった。しかしそれは、インスタントラーメンに、炒めた野菜をのせたものばかりだった記憶がある。

食が大切と感じたのは、ひとり暮らしをはじめてからだった。それまでは母親が作る料理を食べていればよかったのが、生活のすべてが自分にかかってくる。まず考えたのは、便秘をなんとかしたいということだった。

四十年前はインターネットなどなかったから、食に関する本を何十冊も読んだ。

そして玄米小豆御飯がよさそうだと決め、安月給なのに高額の圧力鍋を買い、それで無農薬の玄米と小豆を入れて炊いて食べた。赤飯が好きなので、それはもちもちとしておいしく、これに比べたら白米は味気ないと感じた。そしてその玄米小豆御飯を食べて三日後、私の腸内は大移動を起こし、二十年以上溜《た》まっていたものが、どーんと出てくれた。あまりの量にびっくりしたが、こんなに体って軽いのかと、スキップしたくなったのを覚えている。

いい結果が出たので、しばらく朝晩は玄米小豆御飯と味噌汁の食事、昼間は会社から出られず出前も取れないので、玄米小豆御飯に青菜を炒めたもの、卵焼きなどの簡単なおかずの弁当を持っていった。しかし玄米食を続けているうちに、何となく胃に負担を感じるようになり、玄米小豆御飯を食べる回数を減らし、玄米と胚芽米をまぜて炊き、一鍋分を食べ終わると、次に玄米小豆御飯を炊くようにした。色のついた米ばかりを食べているので、会食で白米の御飯が供されると、「銀シャリ」という言葉を思い出した。食べ比べると玄米に胚芽米をまぜているほうが、体の感じがよかったので、玄米小豆御飯にはさよならして、それからは胚芽米の割合が多めの玄米御飯を食べていた。

玄米だけでは重く、胚芽米のみでは物足りない。自分で好きなように精米できればいいのにと思っていたが、卓上精米機が売られるようになったので、それで好きな分搗《つ》き米にして食べていた。私には五分搗きがベストだった。その中に、押し麦、はと麦、稗《ひえ》、もちあわ、アマランサスなどの雑穀を入れて、土鍋で炊いていた。この土鍋は料理屋さんで使っていたものを、知り合いが取り寄せてくれたもので、火加減を一度決めたら、炊いている間は調整がいらず、一・五合分が十五分で炊ける。その後の蒸らし時間を入れても、三十分くらいで食べられる。その後、五分搗き米が販売されているのを知って卓上精米機は処分し、玄米ではなくすでに精米されたこちらを買うようになった。そしてそれはずっと今でも続いている。

おかずも手間をかけるのが嫌いなので、手の込んだものは一切、作らない。ハンバーグも今までに作ったのは二回くらい。天ぷらものっけから大失敗したし油の始末も大変なので、家で作るのはやめた。他で手抜きをしているので、出汁《だし》だけはちゃんととろうと、鰹節削り器を買い、最初の頃は毎朝かいていたが、面倒くさくなって、削り節、昆布、煮干し、野菜出汁パックを使うようになった。ただし上質のものを選んで買うようにしている。私の料理の方針として、最少の労力で最大の効果がテーマなので、なるべく様々な食材が食べられるようにとは考えている。

私がひとり暮らしをはじめてすぐ、勤めていた広告代理店の元同僚が遊びに来た。

彼女も他の会社に勤め、実家に住んでいたが、ひとり暮らしを考えているときで、どんな生活か見たいといっていた。昼にふだん、私が食べているような、御飯と味噌汁、箸休めの某料亭の椎茸《しいたけ》の煮物、私が漬けた浅漬けを出すと、

「何、これ」

と馬鹿にされた。まず箸休めの椎茸の煮物を気持ちが悪いといわれ、味噌汁にキャベツを入れるなんて信じられないといわれた。彼女は料理が好きで三笠会館でフランス料理を習っていて、そのたびに、

「先週はこれを習ってきた」

と耳慣れないフランス語の料理名を話していた。日々の食事を疎《おろそ》かにしたくないので、昼食はタクシーを飛ばしてレストランのランチを食べにいく。最近のお気に入りのランチは、キッシュだといっていた。

「ふーん」

と私はいい、人に料理を出してもらって、けなすことはないだろうと、ちょっとむっとしたが、裕福な家の人だったので、私とは食生活が違うのだろうと思った。

夏場は避暑に行った軽井沢のホテルから絵ハガキがきて、

「今、ベランダでおいしいおやつをいただいています」

と書いてあった。私は、

「へえ、そりゃあ、結構だねえ」

とつぶやき、狭い台所で玄米小豆御飯を炊いていたのだった。

私は彼女が実家でどのような食生活をしているかは知らないが、私が日常的に食べていたのは、彼女にとっては貧乏くさいものだったのだろう。しかし私はグルメでも食べ歩きが趣味でも何でもないので、栄養バランスがよく、どんなに時間がかかっても二十分以内で作れる、手間のかからないものを作り続けていた。だいたい、彼女からそういわれても、急にフレンチなど作れないし、作ろうとも思わなかった。料理をきちんと習って作りたい人は作ればいい。ケーキも焼くといっていたが、私は彼女が作ったものを食べたことは一度もなかった。食生活の嗜好が和食ではなくて洋食だったのかもしれない。顔を合わせるたびに、必ず不愉快なことをいわれるので、だんだん彼女とは疎遠になり、今はどうしているのか知らない。

私が毎日作っているのは、名前をつけられない、料理ともいえないようなものばかりである。とりあえず必要な食材、私の場合は玉ねぎ、人参《にんじん》、ブロッコリー、キャベツ、トマト、小松菜、鶏肉、きのこ類、鮭、卵、海草類。切り干し大根、乾燥湯葉などの乾物、出汁パック、オリーブオイルは必ず買っておくが、買い物に行って旬の物があればそれに加える。それらを適当に組み合わせて、朝は御飯と具だくさんの味噌汁、昼間は御飯と鶏肉と野菜の煮物だったり、鶏肉を焼いたりする。夜は御飯は食べずに、春夏は蒸した鮭と野菜の炒め物が多い。秋冬は魚と野菜を一緒に蒸し煮にしたりする。味噌汁も切り干し大根を具にすると、それが出汁がわりになるので、出汁パックを使う必要がないので便利なのだ。

炒め物をしていて、水分がちょっと出たと思ったら、そこに乾燥湯葉を投入して水分を吸わせる。とにかく様子を見ながらこんなものかでやっているので、

「毎日、料理を作るのは大変でしょう」

といわれるけれど、すべて適当なので楽しみではないが負担ではない。決めているのは調味料に砂糖、みりんを使わないことくらいだろうか。調味料の量も目分量だし、細かいことは気にしない。すべて「適当」ですませているのだ。

こんな私なので、毎日、きちんと整った料理を作っている人を見ると、

「すごいなあ」

と感心する。私もこのくらい、見栄えがいいものを作れればと思うが、

「この人は料理が好きなんだから、これくらいは作るのも苦にならないんだろう。私は料理が嫌いだし」

と我が道を行くと決めた。一度、真似しようとがんばったのだが、やはり無理があって心底、料理を作るのが嫌になってしまったので、自分ができる範囲でやることにしたのである。

二〇一六年、二〇一七年と、土井善晴先生の『一汁一菜でよいという提案』、稲垣えみ子さんの『もうレシピ本はいらない』といった、いつも同じ簡単なものでよし、外食とふだんの家の御飯は違うという考え方の本が出版されて、私としては喜ばしい限りである。毎日、自分の食べるものは作っているとはいえ、心の中では、これでいいのかと首を傾《かし》げたことも多かった。しかしお二人の本を拝読して、バカボンのパパみたいに、

「これでいいのだ」

と深く納得させてもらった。

だいたい食の情報は変わっていくものだ。私が子供の頃は、御飯を食べると頭が悪くなるといい出した人がいて、パン食が推奨された。私がひとり暮らしをはじめた頃は、一日三十品目を食べろといわれていた。ひとり暮らしでは当然、三十品目など食べられなかったし、全部を食べたら腹一杯になってしまい、明らかに食べ過ぎる。そのうちその三十品目説はどこかへいってしまった。それから肉は体に悪い

といわれ、最近は高齢者ほど肉を食べろといわれる。いったい何を信じてよいのやらわからない。

そこで私は世の中の、こういった食情報を信じるのはやめにした。自分が子供のときから食べ慣れているものを食べ、塩分、糖分の量には注意する。肉よりも野菜の量を多くし、食べ過ぎには気をつける。これが最低ラインであり、自分が面倒くさいと感じることはしない。それだけである。

料理を盛る食器も以前はそれなりにあったけれども、持ち物を減らす方向になってから、少しずつ処分している。朝は子供用の茶碗に半分ほどの御飯と、それよりも大きな漆塗りのお椀に具だくさんの味噌汁。ちりめん山椒が好きなので、それも小さな皿に入れて、木製のお盆に並べている。昼は朝の茶碗に一杯分の御飯と、六寸皿におかずを盛る。食後の食器洗いもまだ体力がある朝や昼は食器の点数が増えていてもいいのだが、仕事を終えるとさすがに疲労感もあり、晩御飯のとき、食器洗いが面倒くさいときは、皿にすべて一緒に盛って、手間をはぶいている。

気分的にも時間的にも余裕があるときは、夜もそれぞれにふさわしい食器に盛り分ける。でもそれは毎日ではない。特に仕事が詰まっているときは、時間が惜しいので、ここのところ夜はひと皿に盛る日が続いている。ワンプレートというとお洒落な感じにはなるが、私の場合は、面倒くさい一緒にた盛りである。ただし夏は涼しげなガラスの皿を使ったり、カフェインレスの紅茶を飲むマグカップも、春夏は白っぽいものに替えている。

私が描く理想的なスタイルは、毎食、きちんと季節やそれぞれの食材の色合いにふさわしい食器に料理をきれいに盛りつけることなのだが、実際はそれを毎日やるのは難しい。たまにやってみると、見た目もよくなるし、やっぱりいいなと思うのだが、日常的には無理だった。

日常の御飯を作るのに、そんなにがんばらなくてもいいといってくれる人がいれば、少し気が楽になって、自分で料理を作る人が増えるのではと期待するのだけれど、やってみる人は多くはなく、興味はあるものの楽なほうに流れてしまう。それもまあ仕方がないのかもしれないが、十回の食事のうち二回は自分で作ってみてもいいんじゃないかなと思う。それを手始めに、徐々に慣れていけば、自分なりの適当御飯でも、塩分、糖分、添加物の多い菓子パンやカップ麺を常食するよりはましのような気がする。しかしそれでも、子供がいても残念ながら自分の手で料理を作りたくない人はいるのだった。

3　梅雨バテ対策は体を冷やさない

昔はバテるのは「夏バテ」しかなかったのだが、最近は「梅雨バテ」「冬バテ」もあるそうだ。考えてみれば人が一年中バテているような状態になってしまったようだ。おかげさまで私は、いけないと思いつつ甘い物を多めに食べて、これはまずいと反省することはあるが、自分が節制すれば問題ない状態で過ごしている。またどこで聞いたか忘れたが、朝起きて朝食の前に歯を磨くと、寝ている間に口内で繁殖した雑菌を取り去るのでよいと知って、それを実行しているが、たしかにいい。以前からうがいはしていたが、それよりも効果がある。歯磨き粉はつけずにブラシだけで磨くのだが、体もすっきりするような気がしている。よい体調を維持するためには、日々の細かい対応が必要なのだ。

私は一年中、食欲があるが、湿気に弱い体質なので、梅雨がいちばん苦手だった。体がだるくて重く感じ、一年のなかで最悪の期間だった。それが体内に滞っていた余分な水分を抜いてからは、とても楽になったし、食べる物にも気をつけるようになったのが、大きな要因だと思う。

以前は梅雨どきには、ふだん食べないような煎餅の類が食べたくなったり、味付けも濃いめになっていたような気がする。漢方薬局に通うようになった当初、先生から、

「梅雨どきは何となく体も頭も、もやっとしたぼやけた感じになるので、刺激が強いものを口にしたくなるんですよ。塩分が多いものとか、炭酸がきついものとか」

といわれ、私もそうだったと納得した。

煎餅を食べるとのどがかわくので、水分を摂る。そのときは水分は摂ったほうがいいと考えていたので、まったく疑っていなかった。しかしその水分量は私の体質には多いもので、それによってまた体内に水分が溜《た》まり、体調が悪くなるという繰り返しになっていた。水分を抜いてからは、甘い物と同様、煎餅の類もあまり食べなくなったが、それでも梅雨どきにスーパーマーケットに行くと、つい煎餅の棚の前に立っている自分がいる。そしてどれにしようかと迷って、結局は買わない。手が伸びなくなったのが、自分なりの進歩だと思うのだけれど、やはり体の奥のほうで塩分が多いものを食べたい欲望が残っているのだろう。

以前は何も考えずに、欲望のままに物を食べていたのを深く反省した。梅雨どき

にも甘い物を食べ、口の中が甘くなるので今度は煎餅を食べて水分を摂る。そうなると口の中がリセットされるので、また甘い物を食べ、甘くなったところで煎餅を食べるという、そら恐ろしい状態だった。

「今の自分の食生活は変ではないか」

とみじんも考えていなかった。特に不調を感じなかったし、それでいいと思っていたのが、まとめてどかんときた。それではじめて、これまでの不摂生がわかったわけだが、自分でも、

「これでは無農薬野菜を購入して自炊をし、肉を過食しなくても何にもならない」

と恥ずかしくなった。頭ではわからなかったが、体が教えてくれて本当によかったと思っている。

何でもばくばく食べられるのは、若い時のほんのいっときだけで、中年になったらある程度コントロールしなくてはいけない。これも人それぞれの考え方だから、

「食べたいものだけを食べる」

という人はそれでいい。私がなぜそうしないかというと、病院が大嫌いだからである。長生きをしたいとは考えていない。体調が不良という今が嫌なのだ。できれば体調良好の毎日がずっと続き、気がついたら死んでいたというのがベストなのだ

が、まあそううまくはいかないだろう。なるべく体調不良の日を少なくするには、漢方薬局の先生の指導を受けて、私の場合は甘い物は週に一度程度、体を冷やすものは食べない、過食をしない、水分を摂り過ぎない、旬のものを食べる、である。

先日、梅雨なのに暑い日が続いたので、果物を買って食べた。果物は水菓子というくらいで、水分も糖分も多いけれど、ミネラル、ビタミン類も含まれているので、成分的にはお菓子よりはましかなと思っている。こういうときは多少、こういった物を食べても、体に影響はないのだが、困るのは前日に気温が高く、翌日、気温が急降下するような日である。以前、気温が高かったので、果物を食べたら翌日、気温が低くなり、いまひとつ体調がよくなかった。気温が高い日が続けば、ふだんよりも汗をかくし、水分が発散する条件も増えるのだが、気温が低いとそうはいかない。明らかに摂取した水分が、体のなかに余分に溜まっているのがわかる。体調不良になる前はまったくわからなかったのに、一度、体がリセットされると、そういったことができめんにわかるようになった。大事《おおごと》にならない前に察知できるのはいいかもしれないが、やはり体調がいまひとつなのは気分がよくない。

それから私は果物、アイスクリーム、氷菓を食べるときは、天気予報をチェックするようになった。二日間気温が高い日が続く予報だと、まあＯＫ。三日続くのであれば問題なく食べる。基準は三十度である。アイスクリームや氷菓は、三十五度以上じゃないと食べない。当日が高温であっても、翌日に極端に気温が下がる予報だったら食べない。同じように高温続きの日は、食事も体の熱を取るような食べ物を食べるけれども、当日が高温だからといって氷で冷やすような食事は作らない。季節の変わり目には特に、天気予報の気温を見て、食べるものを決めている。

私の勝手な予想だが、梅雨バテはその日、その日の気分のみで食事をして、それで内臓が疲弊してしまうことによって起こるのではないか。実はそれほど気温は高くないのに、ちょっと動いて暑いからと、冷たいものを食べる。しかし実際はそうではないので、それが体の負担になる。また気温が高くて暑いので、冷たいものを食べたはいいが、翌日には気温が急降下して寒くなる。当然、体の芯は冷えたままである。

多少、冷たいものを食べても、影響がない人もいるかもしれないが、そういう人は少数だと、漢方薬局の先生から聞いた。常に冷蔵庫がある生活だと、冷たい水、ビール、ジュースなどが飲め、冷たいお菓子類も食べられるので、体内が冷えている人が多いという。そこに何も考えずに、暑いから冷たいものをと体内に入れ続けていると、体が温まる暇がないのだ。

気温が上下する日が続いて、そのうえ湿気が多い梅雨どきには、冷たかったり刺激のあるものではなく、自分の口に入れるものを考えたほうがよい。体が冷えると睡眠にも影響が出るし、やはり内臓は冷やさないほうがよいと思う。

疲労が溜まりがちになる梅雨どき、夏にかけて食欲がないという人を見ると、食べないと元気が出ないのに、大変だなあと気の毒になる。食べたいのに食べられない人は辛《つら》いだろう。いろいろとバテ気味の人に、それではどういうものを食べているのかとたずねると、

「そうめんとか、アイスクリームとか、そういうものばかりです。どうすればいいでしょうかね」

という。御飯は食べられないけれど、菓子パンは食べられるというので、驚かされたこともあった。

「具だくさんの味噌汁はだめ？」

と聞いても、

「熱いものはいやです」

と顔をしかめるので、

「熱くなくていいから、ぬるい味噌汁はどうでしょうね」

と提案してみた。すると、

「ぬるい味噌汁はおいしくない」

などという。聞いてきたからこちらは考えて答えているのに、素直に聞くわけではなく、ああいえばこういう、こういえばああいうで、私は、

「結局、あなたはそうめんと、アイスクリームを永遠に食べたいんでしょう」

といいたいのをぐっとこらえ、

「ふーん、あなたに食べたい気持ちがないんだったら仕方がないわね」

というしかなかった。体を治したいといいながら、実際はそういう気がない。我慢はしたくないのだ。残念ながら中年以降は、何でも好きなものをばくばく飲んだり食べたりして、それで健康でいられるわけがないのである。

漢方薬局の先生に、「夏バテ予防の食事って何かあるんですか」と聞いたら、ある日、薬膳の先生にたまたま会ったので、話を聞いてきたと教えてくれた。その薬膳の先生がいうには、彼女は夏場に料理をするとき、すべてに水がわりに生薬をほとんど薬の味がしないほど、うすーく煮出した液を使っているのだそうだ。その漢方薬は「十全大補湯《じゅうぜんたいほとう》」で、中には人参《にんじん》、白朮《びゃくじゅつ》、茯苓《ぶくりょう》、甘草《かんぞう》、地黄《じおう》、当帰《とうき》、川芎《せんきゅう》、芍薬《しゃくやく》、黄耆《おうぎ》、桂皮《けいひ》が入っている。台湾ではこの十全大補湯をベースにしたスープを

よく飲んでいるらしい。私は台湾に行った経験もあり、もしかしたら飲んだかもしれないが、この生薬をベースにしたスープは飲んだ記憶はなかった。この生薬の煎じ液を、スープの素、御飯を炊くときの水、食材をゆでるとき、和《あ》え物を作る際、調味料をのばすときにも使う。

漢方薬局の先生の流派では、この漢方薬は使わないので、薬局には常備しておらず、なので患者に出した経験はない。この話を聞いて先生が別のルートで入手した生薬を見せてもらった。そして料理に使うためにうすーく煎じた液を見せてもらった。ペットボトルにそれを入れて冷蔵庫で保存する。保存するといっても、家族がいると二リットルのペットボトルは一日で使い切ってしまうので、毎日、液は作ることになる。料理に使うよりもやや濃いめに煮出した液を飲ませてもらったが、最初は甘い味がするものの、後口に酸味や苦味もある複雑な感じの味だった。はっきりいっておいしいものではなかった。

「これよりももっと薄くするのよ。ほとんど味が感じられないくらい」

それだったら大丈夫かなと思ったけれど、出汁《だし》と違って煎じ液自体に旨味があるわけではないので、旨味の出る食材を中に入れないと、難しそうな気がした。結局、いちばんいいのはスープだろうと納得した。ちなみに市販されているエキス錠を水にとかしても効果はなく、生薬を使わないとだめだそうである。

漢方薬局の先生から十全大補湯の生薬を分けていただいたが、生薬を冷凍庫に入れたままで使っていない。私にバテる気配がないからである。ただこれから何があるかわからないので、この情報を教えていただいたのはありがたかった。

「きちんとバランスのとれた食事を摂っていれば、漢方薬を含めて薬は飲む必要はない」

先生がまず患者に聞くのは、何を食べているのか、ということだ。私が甘い物を食べ過ぎて体調不良になったように、ある人は酒を飲み過ぎ、ある人はきちんとした食事を摂っていなかったりする。それが改善されれば、格段に体調は変わっていく。

「そういうことをみんなにわかって欲しいんだけど。みんな何も考えないで、ただ食欲にまかせて食べればいいと思っているから」

先生はいつも嘆いている。私もたまに周囲の人の食生活を聞くと、えっとびっくりすることが多い。梅雨バテ、夏バテになる人は、毎日、口から体内に入れているものを、少し見直してみたほうがよいのではないかと思っている。

4 酷暑を乗り切るための食事

これまでは夏の暑さは根性で乗り切れると考えていたが、そうではないと今年になって、思い知っている。以前は夏にクーラーをつける日はまれだったのに、七月からほとんど毎日、朝から寝る前まで寝室につけている。いつも過ごしている居間ではなく、隣室から冷風がくるくらいがちょうどいいのだ。気温が三十五度を超えると、居間で寝ているうちの二十歳の老ネコが、ここにもクーラーをつけろと訴えるので、スイッチを入れる。どちらも設定は二十八度である。

昔とは違って気温の変化が甚だしいし、自分たちをとりまく環境も変化しているので、クーラーなしの夏は難しくなってきているのだなと感じた。しかしそれでも私は生きていかなくてはならない。幸い、夏バテをしたことがないので、それだけが救いなのだ。

先日、近所のスーパーマーケットに行ったら、女性が赤ん坊を抱っこした三十代半ばくらいのカップルが、カートを押しながらやってきた。彼女は目の前の棚を見

ながら、

「もう、面倒だから、毎日、そうめんだけでいいよね。簡単だし」

と力のない声でいった。私がぎょっとして顔を見ると、精気がなくて顔色もあまりよくなく、とても疲れているように見えた。すると男性は、

「うん、いいんじゃない」

と返事をしていた。授乳中だと睡眠不足にもなるだろうし、赤ん坊を抱っこすると暑いから、夏だとより辛《つら》いのではないだろうか。しかしそれで毎日そうめんでは、体が持たないのではと、おばちゃんは心配になってきた。

酷暑でも食べるべきものを食べていれば、体は何とかなるものだ。最初はだめでも、少しずつ食べよう、口に入れようと習慣づければ、それなりに食べられるようになると聞いたことがある。しかし意識的に食べようとする意欲がないとそうはならない。ちょっとでも今よりいい方向に体調を持っていこうとする気持ちはないのだろうか。たとえば食欲がないのであれば、今の自分はどのようにしたらいいのか、持っているであろう手元のスマホで調べれば、いくらでも親切な人たちが教えてくれるのに、それすらしない。食べることの大切さに対して意識が低いのだろう。なかには病気で食べたくても食べられない人もいるし、そういった人はとても辛いだ

ろうとお察しするけれど、そうではないのに面倒だからとか、ケーキでも菓子パンでも、食べてお腹がふくれればいいというものではない。

そんな私が猛暑、酷暑続きの日に何を食べているかというと、とにかく火を使う時間を少なくというのが鉄則である。一般的な家庭では火を使わなくても済む電子レンジを駆使するようだが、うちにはないので直火を避けるしかない。朝は具だくさんの味噌汁に御飯というのは変わらない。ただ夏場には味噌の製造元が販売している添加物が少ないフリーズドライを使っている。

私が食べる御飯の分量から比べると一個では多いので、半分に割る。残りは明日の分である。御飯も土鍋で少量炊き、夏場は冷蔵庫に入れている。だから冷や御飯である。その御飯をお椀に入れ、その上にフリーズドライの味噌汁を砕いたものをのせる。そして適当な量の水を鍋に入れ、沸騰したらそこに細かく切った野菜を入れて柔らかくなったら海藻を入れて、お椀に御飯がひたるくらいの量をそそぐ。そしてぐるぐるとかきまぜておしまい。フリーズドライの味噌汁の具に不足しているものを、湯の中に入れてバランスをとっている。

豚肉を一切れ入れることもあるし、卵、サバの水煮、いわしの水煮、鮭缶などを入れることもある。冷や御飯なので味噌汁もほどよくぬるめになって食べやすい。

とにかく何でもありの味噌汁で、見てくれは悪いけれど、最小限の労力で最大限の効果を上げる方法だと思っている。

昼食はある程度、きちんとしたものを食べたいのでやむをえず火を使う。ある日の御飯のおかずは、人参《にんじん》、玉ねぎ、キャベツ、ブロッコリー、鶏胸肉を煮て、少なめに汁気を残したもの。「茅乃舎」の「野菜だし」か「味の兵四郎」の「あご入素材だし」のパックを破って、小さじ一と醤油で味をつけ、食べる直前にその上にオリーブオイルをかける。それに御飯と海苔。海苔は鹿児島県出水《いずみ》産のものを一日一枚、食べるようにしている。

夜はアスパラガス、ゴーヤ、ほうれん草、ブロッコリー、きのこなど、その時期の野菜と、エビ、トマト、とけるチーズ、昼御飯のときに余った少量の鶏肉などを、下処理が必要な場合は軽く火を通し、キャンプ用の蓋付きスキレットに詰めて火にかけて放置である。つまり蒸し焼き状態で台所に張り付いていなくても済むので助かるのだ。私はひとり暮らしなので直径十二センチのものを使っていたが、最近、御飯も入れて焼きめし状態にもできるように、直径十五センチのものも購入した。これに刺身がひと皿加わることもあるし、魚の水煮缶が加わることもある。とにかくたりないものを小皿で追加方式なのである。

フライパンで炒める場合は油は使わずに水炒め方式で蒸し焼き、炒めた場合も味付けは仕上げに少量のサラダドレッシングを垂らすのみ。なぜサラダドレッシングかというと、お中元でいただいたからである。昨日は玉ねぎしそドレッシング、今日は胡麻ドレッシングと楽しんでいる。私は生野菜をほとんど食べないので、こうやってドレッシングを消費する。ふだんは塩少量のみで味付けをする。塩は味がまろやかでおいしいので釜炊きの「粟國《あぐに》の塩」を使っている。自分の好みの塩を選ぶのも楽しいかもしれない。また食通の友だちから、おいしい胡麻ふりかけをいただき、それをかけても趣が変わってよかった。

一年を通じてこんな感じの食事で、外食もほとんどしないし、質素な食生活なのだが、今年は果物に奮発した。珍しく仕事がぎちぎちに詰まっていて、休みは元日しかとれず、毎日、原稿を書く日が続いた。それがやっと一段落したので、この暑い夏はひたすら自分を甘やかすことにしたのである。

さくらんぼ、ライチ、すいか、桃、パイナップル、マンゴー、シャインマスカットを堪能して、つい最近は知り合いから見事なメロンをいただいた。ほとんどは常温で食べる。今年は果物大尽である。清水の舞台から飛び降りたつもりで、一個二千円の桃、五個を購入して食べたら、あまりのおいしさに、目の前の桃に抱きつきたくなったほどだった。もちろん果物には果糖が含まれているけれど、人工的な甘味を加えていない、心からおいしいと感じるものを食べると、酷暑も乗り切れそうな気がする。

今年は特にテレビでもラジオでも、熱中症予防をよびかけているので、経口補水液を作ってみた。以前はスポーツドリンクを買っていたが、あまりの甘さに閉口して二倍に薄めて飲んでいた。インターネットで見つけた経口補水液の分量は、水五百ミリリットルに対して、塩一・五グラム、砂糖二十グラム、レモン汁少々で、すぐに作れる。うちには白砂糖がないので、メイプルシュガーを使ったのだけれど、それでも飲んでみたらとても甘い。スポーツドリンクほどではないが、やはり甘いのだ。

一方、薬局やドラッグストアで販売している経口補水液は塩味が勝っているらしい。どうしてこんなに甘いのかと、またインターネットで調べてみたら、そうしないと小腸で吸収されないのだそうだ。そういえばスポーツドリンクは飲んでも胃に溜《た》まらないが、水は同じ分量を飲むと胃に溜まった感じがしていたなあと思い出した。

手作りの経口補水液も甘くて飲みづらいので、子供の頃は夏をどうやって過ごしていたかを思い出し、麦茶を作った。作ったといっても近所のスーパーマーケットで水出し用のものを買ってきて、ポットに入れただけである。昔は夏になると、母親が大きなやかんにいっぱい麦茶を煮出して、それをそのまま食卓の上にどんと置いていた。そしてそこから各自コップに注いで飲んでいた。たまに砂糖と塩をほんの少し入れてもらって、甘くして飲むのも大好きだった。しかし今の私には甘すぎるのは辛いので、麦茶ポットにほんの少しの塩を入れて飲んだ。やっぱり経口補水液よりも麦茶のほうがおいしかった。

友人の、料理はすべて手作りする女性も、やはり夏は麦茶だといって、ちゃんと粒の麦茶を煮出す、正統派の麦茶を作っておいた。すると二十代後半の娘さんと、二十代半ばの甥御《おいご》さんが、コップに注がれたその麦茶の匂いを嗅いで、

「変な匂い」

といったのだとか。甥御さんのほうはずっと運動部の寮に入っていて、

「寮のおばちゃんが作っていたのと、同じ匂いがする」

という。その寮母さんは大きなやかんにその匂いがするものを作ってくれていて、それを飲んでいる部員もいたが、彼はペットボトルの麦茶を飲んでいた。

「それがこの麦茶でしょう。寮母さんはちゃんとしたものを作ってくれていたのに。

わざわざペットボトルの麦茶を買って飲んでいたの?」

と彼女は呆れた。おまけに娘さんも甥御さんも、

「ペットボトルの麦茶は臭くないから、そっちのほうがいいね」

などというので、彼女は激怒していた。

「まったく、本物がどういうものかわからないんだから、恐ろしいわよね。ちゃんとしたものが変な匂いなんて、いったいどういうことかしら」

そこで私は、ずいぶん前にお茶屋さんの店頭からほうじ茶を焙じる匂いが漂ってきたら、

「臭い、臭い」

といいながら走って逃げた女性たちや、つわりでもないのに、御飯が炊ける匂いが大嫌いとか、青畳の匂いを嗅ぐと気持ちが悪くなるので、和室はいらないといっている人たちの話をした。すると彼女は、

「何かが間違っている」

とまた怒った。

知り合いの主婦はアイスティーが好きなのだが、ペットボトルかパック入りのものを買うという。たしかに家で作ると、上手に急冷しないと濁ったりすることもあ

る。

「自分で作るといい香りがしないし。売っているもののほうが、ずっと香りがいいから」

というので、

「それは香料を添加しているからでしょ」

といったら、彼女はきょとんとしていた。世の中には香料というものがあり、様々な食品に添加されているのを知らなかったらしいのだ。五十歳にもなり、子供もいるというのに、そういう人もいるのだなあと私も驚いた。

ペットボトル飲料は手軽だし、出先で購入するにはとても便利だが、麦茶みたいに家で手軽に作れて、ボトルに入れて持って歩けるようなものでも、家庭で作られなくなってしまったらしい。麦茶パックを入れたり、ボトルを洗うことすら面倒になってしまったのか。基本的な事柄を知っていて、そのうえで何を選ぶかはその人の自由だ。しかし基本的な物事を知ろうともしないのは、大人としてどうなのかなと私は思う。

夏は食欲がなくなる人も多くなるが、バランスよく食べないとのちのち響いてくる。私が十年前に体調を崩したのも、食事はちゃんと食べていたが、そのうえに食

べたいだけアイスクリームの類を食べたからと自戒している。とはいえ、たまには
アイスクリームも食べたい。果物だけでは満足できないときは、週刊誌で読んだ、
食べて大丈夫な安心できる素材のアイスクリームのベストスリーを思い出しながら、
スーパーマーケットに買いに行くのである。

5　食べ物が許容量を超えると

私の住んでいる地域よりも、もっと高温の場所もあるし、外での作業をしている方々もいるので、あまり文句はいえないけれど、私は八月の気温三十七度の酷暑を、

「はああ〜」

とため息をつきながら必死の思いで過ごしていた。そしてその後、酷暑を我慢したご褒美のように気温が三十度まで下がってくれると、

「三十度ってこんなに涼しかったのか」

と感激した。夜になると虫の鳴き声も聞こえてきたので、

「ああ、やっと秋の気配が」

と喜んでいたのに、また猛暑日、真夏日が続き、期待は裏切られっぱなしである。

酷暑続きの日は、前の章で書いたように、私は水出し麦茶を作って飲んでいた。熱中症予防に水をこまめに飲むようにといわれている反面、水を飲み過ぎる「水中毒」の危険もいわれていた。症状は軽度の疲労感、頭痛、吐き気、またひどくなる

と痙攣《けいれん》や昏睡状態にもなるという。熱中症同様に恐ろしい。またペットボトルに直接口をつけて飲んでいると、口内の雑菌がボトル内に入り、ドリンクの成分によっては、それを放置した後にまた飲んで食中毒になる可能性もあるとか。熱中症だけではなくそちらのほうの体調、衛生面にも気をつけなくてはならなくなってきた。

私は体調不良以前の水分摂取量よりも、半分程度の摂取量になったが、それで特に差し障りはなかった。しかし夏、特に今年のような酷暑となると、いったいどの程度を飲んでいいのかわからない。誰も教えてくれるわけではないので、日々、自分で人体実験をするしかないのだ。

水出し麦茶も最初は一日、一リットルでは私の場合は明らかに多すぎるので、五百ミリリットルにしていたが、少しずつ飲んでも飲みきれなかった。他にも温かいノンカフェインの紅茶を飲むので、三百ミリリットルに減らした。それで何日か飲み続けて、ふだんよりはその麦茶分を多く摂取しているので、自分でも水分が多めと感じていた。それでもあまりに暑いし、室内にいても汗をかいているので、大丈夫ではないかと考えて、自覚しつつ一週間以上続けて飲んでいた。

気温三十二度だったある日、仕事上のトラブルが発覚して、突然、編集者から連絡があり、今後の対策を緊急に相談しなくてはならなくなった。待ち合わせ場所は喫茶店だから、温かい飲み物もあるのに、どういうわけかそのとき私は、ふだんは外では絶対といっていいほど飲まない、レモンスカッシュを注文してしまった。メニューもちゃんと見たはずなのに、気がついたらそれを頼んでいて、早急にその場でトラブルの解決法を決めなくてはならないこともあって、思考回路がふだんと違っていたのかもしれない。一時間ほど相談して、今後の方針を決定した。やれやれと思いながら家に帰って晩御飯を食べた。ほっとひと息ついた夜、いただきものの果汁百パーセントジュースを、二日前に製氷皿で凍らせた氷があったのを思い出し、残っていた四個を食べてしまった。

漢方薬局の先生からは、胃は冷やしてはいけない、私の体質からいって、水分を摂りすぎてはいけないと注意されているのは、十分理解していたし、自分も節制していた。服用し続けている煎じ薬のおかげもあり、不調は感じなくなっていた。先生もあまりの暑さに、外出した際に、何十年ぶりかでかき氷を食べたといっていて、

「この暑さは外に出たときに冷たいものを口にしないと、耐えられないかもしれない」

というほどだった。私も氷が入った飲み物は飲まず、水、麦茶は常温で。冷やし

た料理は作らないと決めていたのに、あまりの暑さに日中は氷入りの飲料、そして夜に氷四個を口にしてしまった。日中は常温の麦茶をちびちびと飲み、麦茶ポットを空にしていた。何となくまだ胃に水が滞っているような気がしたが、暑いさなかなので、排出されるだろうと気楽に考えていたのだった。

ちょっとまずいかなとは思ったけれど、まあ体調もいいことだし、以前のように神経質にしなくても大丈夫だろうと高をくくっていたら、それが大丈夫ではなかった。いつものように翌朝五時に老ネコに起こされ、朝御飯をあげなくてはとベッドから体を起こそうとすると、いまひとつ体の重心が定まらない。あれっと思いながら台所まで歩いていても、体幹が定まらないというか、体の芯がなく、ぐんにゃりしているような感覚になった。

十年前の体調不良が軽度のめまいだったので、まさか再発かと、試しに上を向いたり後ろを向いたりしてみた。以前はこうするとくらっとしたのだが、めまいはしない。とりあえずほっとしたものの、体が変なのは間違いないので、こちらの不安などわからない老ネコに朝御飯をあげた後、

「やらかしてしまった……」

とがっくりした。明らかに胃が冷えすぎた。昨日の氷入りのレモンスカッシュと、

夜の氷四個を深く反省した。

まだ起きるには早い時間なので、症状が好転するのを願って、それから一時間ほど寝て起きたが、状態は変わらなかった。とにかく冷えた胃を温めなくてはと、ふだん飲んでいる煎じ薬の『苓桂朮甘湯《りょうけいじゅつかんとう》』に加え、同じ薬のエキス製剤も飲んだ。煎じ薬の『人参湯《にんじんとう》』も余分に一包あったのを煎じた。胃を温めて水を抜く薬の、ふだんの二倍量を服用したら、夜には治ってくれてほっとした。それからは水出し麦茶も控え、ふだん飲んでいる水分量よりも、少しだけ多めの温かい水分を摂るようにしたら、不快な症状は出なくなった。調子に乗って冷たいものを、自分の体質の許容量を超えて口にした罰が当たった。こんな調子では偉そうに他人様《ひと》に、

「口に入れる物を気をつけたほうがよい」

などといえたものではないと、頭を抱えてしまった。本当に恥ずかしい。

実は私は今年の一月から体重が二キロ増え、一キロ減っては五〇〇グラム戻り、そしてふと気がつくと結局は二キロ増に戻っているのを繰り返していた。理由はチョコレートだった。今年のはじめから新聞連載があって忙しかったので、仕事をしながら、ついつまんでいた。甘い物を食べると便秘気味になるのだが、そのチョコレートはＣＭの謳《うた》い文句のように腸内環境を改善する効果があるのかと、安心して

食べ続けた。アーモンド入りのものをほぼ毎日、四日でひと箱のペースで食べ続け、その結果、体重二キロ増になった。

連載を脱稿してからは、チョコレートを食べたい欲求はなくなったので、食べるのをやめたが、その二キロが戻らない。夕方、買い物がてら歩いてはみたものの、その程度では体重は減らない。暴食はしていないが、食欲が落ちなかったのも、ありがたくもあり、ありがたくもなしだった。

ところが調子が悪くなり、その日のうちに体調が戻ったら、あっという間に体重が元に戻っていた。たしかにふだんよりもトイレに行く回数は多く、それで余分な水分が抜けたのかもしれない。しかしそれが二キロ分もあったとは、とても思えないのであるが謎である。以前の不調も体内に滞った水が問題だったが、今回も同じだった。同じことを繰り返すなんて、いい歳をして本当に馬鹿だと、自分に呆れてしまったが、体重がすっと元に戻ったのはとってもうれしかった。

水分だけではなく、食べ物も最終的には水分になるとのことで、量には気をつけているが、夏はふだんより御飯を多めに食べるようにしている。同じ炭水化物でも私は御飯じゃないとパワーが出ないし、夏を乗り切れないような気がする。肉を食べると元気が出るという人もいる。私も豚肉を食べると元気になるような気はするが、脂肪や消化の問題もあるので週に二回ほど、五十グラムを野菜炒めにまぜて食べるくらいがちょうどいいようだ。

ふだん食べている御飯は、一度に一合半を土鍋で炊く。火加減などは必要なく、最初に火加減を調節しておけば、十五分間の炊きあがりまで放置する。そして二十分ほど蒸らせば食べられる。御飯の割合は、まず一合の計量カップにそれぞれ大さじ一杯の五分搗《づ》きの押し麦、同量の割れはと麦と、白米を半合分の目盛りまで入れる。そして一合分は五分搗き米である。もちあわ、稗《ひえ》、アマランサスを少量ずつ入れて、水加減をして炊いている。

冬はそういうことはないのだが、夏になると、朝食にパンを食べたくなることが多かったので、食パンにチーズとツナをのせていた。何も塗らない全粒粉の食パンに、汁を絞ったツナをのせ、その上にとろけるチーズを一枚のせて、オーブントースターで焼くだけ。バターを塗ればツナの汁もパンに染みないし、もっと風味がよくなると思うけれど、私がバターやマーガリンが苦手なので省いている。これまでによく作ったが、今年の夏は作らなかった。毎食、といっても晩御飯は炭水化物は食べないので、朝と昼のみだが、毎日御飯だった。そうめんは一度だけ。うどんもそばもパスタも麺類全般が好きなのに、この夏は口にしなかった。私は毎食、御飯の量を量って決まった分量を食べているけれど、夏場はその一割増しくらいにしてちょうどいい。あまり減らすとガス欠状態になって、動くのに支障をきたすし、私の感覚のみの話だが、甘い物を食べるよりは、御飯をしっかり食べたほうが、余分な水分が体に滞らないように思う。

必要以上に痩せようとは考えていないが、適正体重の範囲内は維持したい。八か月かかってやっと元に戻った体重を維持するには、毎日、体重を量って、口に入れるものや運動量をチェックしなくてはならない。めったにないことだが、私が基準にしている四十八キロから体重が減ると、御飯の量をやや増やす。五十キロに増えたときは、まず甘い物を食べるのをやめて、基本的に日常的に食べている御飯の量は減らさない。ストレスを甘い物で発散しようとすると、後でツケが回ってくるのは痛いほどわかっている。若い頃は一キロ、二キロなんて、日数単位、あるいは一日のうちで減ったりしていたのが、還暦を過ぎると月単位である。それも八か月かかるなんて、増えた体重を元に戻すのも壮大な計画になってしまった。

友だちのなかには、スポーツジムで運動をして汗をかけば痩せるという人もいる。体を動かすと気持ちがいいし、運動の範疇《はんちゅう》に入るのかわからないが、体を動かすのは散歩と家事のみの私もたしかにそうだろうと納得する。しかしそんな彼女も、ジム後の冷えたビールと餃子《ギョウザ》で、以前はプラスマイナスゼロだったのが、最近はプラスプラスになってしまい、困っていると愚痴っていた。ライザップに行くほどでもないが、あと三キロくらいは減らしたい。そこで深夜のテレビＣＭで観た、お腹に巻いてぶるぶると動き、ソファに座ったままでも脂肪が燃焼するという謳い文句の器具を購入してみたが、今のところ目立った効果はないと嘆いている。とにかく還暦過ぎた人間が、一キロでも二キロでも体重を減らそうとするのは大変なのだ。

「ビールと餃子はワンセットなのよ。ビールだけでも餃子だけでも悲しい」

彼女は切なそうな顔をした。私はアルコールは飲めないが、体重を維持するために、甘い物の一粒も禁止といわれたらとても悲しい。かといっていつまでも減らない脂肪を体につけておくのかといわれると、それも嫌だ。還暦を過ぎても口に入れるものを制限しなくてはならない。生きていくうえで何かを諦めなくてはいけないのは重々わかっているが、これから食欲の秋が来る。人生は辛《つら》いものである。

6 外食を考える

私はふだんは自炊で中食もほとんどしないので、外食をするのは編集者との打ち合わせ、二、三人の友だちと基本的にひと月に一度の着物を着ての会食のみである。うちの二十歳を過ぎた老ネコは若いときから、昼間でも私が外出するのをいやがり、夜の外出となると大声で鳴き続けて大騒ぎになるため、必然的に両方ともランチになってしまった。しかしそれでも、毎食、代わり映えのしない、つましく料理ともいえないおかずを作っている私にとっては、とても楽しみなひとときである。

特にグルメでもなく、食べ歩きの趣味もなかった私は、外食に関してはとても意識が薄かった。学校を卒業してすぐに勤めた広告代理店では、同僚の女性社員が「表参道のイタリアンレストランに行った」と興奮して話していたり、「評判の創作料理の店に行った」と得意げに話したりしているのを、とりあえずは、

「ふーん」

と聞いていたが、内心、今考えれば彼女たちに対して失礼な話だが、

（どこが楽しいんだか）

と思っていた。もちろん私もまずいものよりは、おいしいものを食べたいとは思っているけれど、それは流行の店での外食という意味ではなかった。駅前の精肉店のおばちゃん手作りのコロッケ一個でも、おいしいものはおいしいのだった。

今はSNSがあるので、店側の態度が悪いとすぐに拡散するが、当時はそんなものはないので、ちょっと有名になった店は、だいたいが高飛車で感じが悪かったようだ。行った同僚たちが、

「あの店は料理はおいしいのに、店員がとても感じが悪い」

と怒っているのを聞いて、

「それじゃ、行くのをやめれば」

と私がいうと黙ってしまった。それで社内の廊下での立ち話は解散になったのだが、それを横で聞いていた先輩が、

「流行の店に食べに行ったっていうことが、あの子たちにとっては重要なんだよ。だから店員の態度にも我慢してるんだよ」

といった。そういう店は料理はもちろんのこと、場所、雰囲気の分も上乗せになっていて、値段が高いのである。実家から通っていたとしても、安月給ではとても

行けない店だった。それなのに嫌な思いまでして、見栄のために感じの悪い店に通うなんて理解できなかった。

仕事中に彼女たちが、手を止めてこそこそ話をしているので、何をいっているのかと聞き耳をたてていると、

「料理がおいしくて店員の感じが悪い店と、料理がまずくて店員の感じがいい店と、どっちがいいか」

と真剣に話し合っていた。明日までにクライアントのライバル社の、雑誌別広告出稿リストを作らなくてはならないのに、いったい何をやっているのかと腹を立てつつ、私は、

(両方だめだよ)

と心の中でいった。彼女たちが特別なわけではなく、評判になった店に行くことを楽しみにしている人は、現在のインターネットでの飲食店の評価サイトを見れば、当時から今に至るまでたくさんいるのは間違いないのだ。

テレビをつければ、飲食店の紹介をしない日はない、和、洋、中、エスニック、スイーツなど、すべての飲食店のジャンルを網羅して新しい食べ物、店を紹介している。私はそんなものよりも、テレビ番組の「陸海空　地球征服するなんて」のナ

スＤが、無人島で自ら海に飛び込んで魚を捕獲し、それをアルマイトの鍋に入れた海水と川の水、他の魚の骨を入れて作った出汁《だし》で煮ているのを見ているほうが、ずっと興奮してよだれが出そうになる。

「いったい、どんな味なんだろう。すごくおいしそうだけど」

とわくわくして、想像をかきたてられる。お洒落《しやれ》な内装のレストランより、インスタ映えする盛りつけが派手な料理よりも興味がわく。しかしこういうタイプは今は少ないに違いない。

　私が会社に勤めながら物を書くようになってからは、担当編集者の方々に、いろいろなお店に連れていってもらった。男女雇用機会均等法が施行される前で、担当してくださるのはほとんどが年上の男性だった。彼らは自分のテリトリーの飲食店に連れていってくれ、それらの店はすべておいしかった。気取らない店で出される食事もお惣菜《そうざい》のようなものばかりなのだが、明らかに一段階、家庭料理とは違っていた。焼き魚もガス台で焼き網で焼くのではなく、注文を受けるとお母さんが、

「はい、はーい」

　と返事をして、店の外に七輪を出して焼く準備にとりかかる。そしてしばらくすると、じゅうじゅうと音をたてている秋刀魚《さんま》がのった皿を、

「お待たせしました―」

と渡してくれる。ときには「こらあ」とお母さんの叫び声が聞こえてきてびっくりしていたらお客さんが、七輪の魚を狙う野良ネコが何匹かいて、隙を狙ってかすめ取って行くのだと教えてくれた。それでもこのお店はネコを徹底排除しようとはしていなかった。緑黄色野菜のみをシンプルに炒めただけの「オールグリーン」とか、すべてがおいしくて大好きな店だったが、数年後にマンションが建つために立ち退きになり閉店になったと聞いた。間口も狭い木造の昭和の典型的なお店だったけれど、そういった店はほとんど見なくなった。

料理を作りたくない人、特に親のなかには手作りをしなくても、外食でもいいじゃないかという人がいる。この本の最初に書いたように、それぞれの家が国家みたいなものなのだから、そこにはその家なりのルールがあり、それは他人があれこれ口出しする問題ではない。家族が納得していればいいのだが、彼らのいう外食って、いったいどういうところで食べているのだろう。知り合いに聞いたら、

「ファミレスかファストフードじゃないの。小さい子供だと店から断られる場合もあるし、子供もずっとおとなしく座っているのが難しいから」

といった。特に最近は椅子に座っていられない子供が多いと聞くので、親は大変

らしい。それならば家で簡単な御飯を作ればいいのに、それはしないのだ。

今年の一月の終わりだったか二月のはじめ、雪が降っているとても寒い日だった。ふだんは牛丼店の前にいるのは、男性がほとんどなのに、その日は幼児を連れた母親が、五、六人並んでいてびっくりしたのを覚えている。その話を小学生の子供を持つ編集者にしたら、

「たしか携帯電話会社のサービスで、牛丼が無料になる日じゃなかったかと思います」

と教えてくれた。そうか、無料になるからふだんは見かけない母親が並んでいるのかと思ったものの、大人はともかく雪が降る日に幼児を一緒に並ばせ、その結果、牛丼をその子に食べさせるのかと、すでに思考回路は姑《しゅうとめ》と化している私は、他人《ひと》事《ごと》ながら大丈夫なのかと心配になってきた。車が大量に通る幹線道路のそばで雪が降る寒風のなか、幼児をずっと並ばせる神経は、姑根性になっている私としては、納得し難いものだった。

「いくら牛丼が無料になっても、風邪を引いて病院に行くはめになったら、どっちが得なのかまったくわからないわよね」

呆れていたら、編集者もちょっと理解できないと驚いていた。

昔は駅の周辺には必ず、定食屋があった。ファミレスもファストフードもそれほど多くなかった時代で、ひとり暮らしの大学生や独身男性は、そこで腹を満たしていた。私も若い頃に、二、三度、入ったことがあるが、一汁三菜のお盆が出てきて、いわゆる昭和の御飯だった。作っているお父さんやお母さんが年配なので、やや塩分が多めかなとは感じたが、自分が食べて育った料理が出てきて、肉や野菜のバランスがとれていた。私がOLだったときも、パスタなどの単品や、鳥の餌のような申し訳程度の生野菜で食事を済ませてしまうOLよりも、そのような食堂で食べている男性のほうが、必要な栄養が摂れているという話もあった。

しかしそんな庶民的な食堂も次々と姿を消してしまった。ラーメン店やファストフード店はどんな駅前にも必ずあり、多くの人で賑わっている。しかし栄養バランスはいまひとつだ。たまにではなく、ラーメンやファストフードを食べるのが日常的な習慣になっている人が、他の二食で野菜をたっぷり摂っているとはとても思えない。せいぜいコンビニの生野菜サラダを食べたり、野菜ジュースを飲んで、野菜を摂った気分になっているだけではないだろうか。まあ、これも個人の問題なので、私の余計なお節介なのだが。ここ何年かで急激に日本人の普通の食べ物が、様変わりしてしまった。典型的な和食は体によくないという医者もいる。米、雑穀よりもパンのほうが安くなり、御飯は電気炊飯器が炊いてくれるのに、「炊きあがるまで待つのが面倒くさい」「炊きあがるときの匂いが臭い」とまでいう人も出てきた。

私の知り合いが、家に遊びに来た子供の友だちの高校生に御飯を食べさせたところ、肉じゃが、南蛮漬け、自家製の漬物、沢煮椀などに対して、その子がいちいち「これは何」「はじめて見た」と反応した。食後に果物を出したら、「お金持ち」ともいう。出したのはりんごなのである。その子がいうには、果物は値段が高いので、上流階級の人しか食べないものなのだそうだ。その子の家庭は裕福で、ひんぱんに外食をしている話は、子供から聞いていたものの、知り合いはその家は外食でいったい何を食べているのだろうかと首を傾《かし》げていた。外食はプロの料理、そして店の雰囲気を楽しむものであると同時に、自分では作れないものや、ふだんの食生活では作りづらく、欠けているものを補う意識が私にはあった。しかし家での食生活の根っこを作っていない人たちは、ただそのときの気分で、食べているだけなのだなとわかった。

外食をするとき、会食のときは私は好き嫌いがないので、相手の選択にまかせている。そして店に行ってメニューを見て、毎日鶏肉は食べているのでそれは避け、最近は豚肉を食べていないから、メインは豚か牛にしようとか、いつも火を通した野菜ばかりなので、生野菜のサラダにしようとか、自分が食べていないものを選ぶようにしている。大まかに栄養バランスを取っているつもりである。しかし朝食はクリームパンとコーラ、昼はコンビニのおにぎりと野菜ジュース、夜はラーメンとスナック菓子とビール。外食ではいつもハンバーグといった食生活の人もいる。「大丈夫?」と聞きたくなるものの、お節介と思われるのはいやなので、相手に食生活の相談をされるまで黙っている。

自分で御飯を作るといいところは、基本的に米と味噌さえ家にあれば大丈夫という、気持ちの根っこができるからである。少量ならば食生活のアクセントとしていいだろうが、わざわざ非常用にとカップ麺を買い込む必要もない。水、米、味噌、カセットコンロと鍋さえあれば、災害で家が倒壊しない限り、最低限の食生活は保てる。そういう技術ともいえないような、簡単なことすらしようとしないから、あたふたとするのである。食という生きるのにいちばん大切なことは、たまには人任せにするのもいいけれど、基本は自分がちゃんと握っていないと、あるとき、どかんとしっぺ返しが来るような気がしている。

7 「妻の料理がまずい」問題

いくら料理を自分の手で作ろうといっても、時間がとれなかったり、体調不良だったり、どうしても作りたくない気分のときは、無理をして作る必要はない。毎回作らなければならないと考えると、息が詰まるしストレスにもなる。私は気楽なひとり暮らしなので、御飯と具だくさんの味噌汁が続いても、自分がよければ誰からも文句をいわれないのだが、家族がいるとそういうわけにもいかないらしい。

知り合いの女性は三十八歳で結婚したのだが、新婚当初から食事に関して夫と揉めていた。たとえば鹿児島の親戚が送ってくれたさつま揚げを切って、野菜と炒めて出したら、彼は、

「えっ」

といい、

「こういうのはちょっと……」

と顔をしかめた。理由を聞くと夫は、

「こんなふうに何でもかんでも一緒に炒めるのはいやだ。野菜炒めは野菜炒めとして一品、さつま揚げは別の皿に入れて、薬味と一緒に出して欲しいんだけど」

といわれた。自分が作った料理に文句をいわれた彼女は、むっとして、

「ああ、そう。気に入らないんだったら、食べてもらわなくて結構」

と皿を片づけようとしたら、

「わかった、わかった」

と彼はあわてて食べはじめた。

そして他の日には、

「おかず、これだけ?」

「こういう盛りつけってあるの?」

「今日はこういったおかずは食べたくない気分なんだけど」

といわれる。そのたびに、

「それなら食べてもらわなくて結構」

と毎回、皿を下げる強硬手段に打って出ていたら、彼もそのうち黙って食べるようになったという。

しかし食事が終わると、夫婦の会話もそこそこに自分の部屋に入ってしまうよう

になったので、急用があるふりをしてノックをせずに彼の部屋のドアを開けてみた。すると彼はこっそりクリームパンを食べていた。どうしてそんなことをするのかと聞いたら、

「だって盛りつけ方も含めて、自分の気に入った雰囲気のおかずが出てこないと、とても悲しくなるからさあ。不満をいっても改善されないし、食事に幻滅しても、あとで甘い物が食べられると思うと我慢できるから、自分を癒やすために甘い物を買って帰るようになったんだ」

と白状した。

「作ってもらった食べ物に対して、文句をいうほうがおかしいわよ。食べられないほどまずいわけじゃないんだから」

「ごった煮、一緒くたに炒めたものを前にすると、餌みたいでげんなりする」

それ以来、ずっと夫の菓子パンデザートは続いている。

その話を聞いて私は、

「こういったおかずを食べたくない気分っていうんだったら、リクエストしてくれればいいのにね。昼に食べたものを教えてくれるだけでも参考になるから、頼んでみたら」

と彼女にいったら、

「そういうことはしたくないらしいです」

と表情が硬い。彼女は専業主婦で日中は一人で家にいる。

「それじゃあ、さつま揚げと野菜炒めを別にしてお皿に盛るとか、盛りつけを少し考えるとか、そういう希望があるのなら、ちょっとくらい手間はかけてもいいんじゃないの」

「でも洗い物が増えるし。彼が食器を洗ってくれるのならやりますけどね」

他人《ひと》様の家の問題なので、あとは夫婦で話し合って決めてもらうしかないのだが、明らかに食を握っている彼女が強気だった。それから彼女も少し考えたらしく、一品だけお惣菜《そうざい》を買ってきて、それをパックのままではなく、皿にのせて出すようにしたら、だんだん彼も文句をいわなくなったという。それで夫婦仲が丸く収まるのであれば、それでいいのである。

先日、ラジオを聴いていたら、結婚して五十年の男性からの投稿があり、それは、

「妻の料理がまずくて仕方がない」

といった内容だった。せっかく彼女が作ってくれているのだから、文句をいうのは悪いと、五十年間、ずーっと耐えてきたのだという。こうなると味付けがどうの

という問題ではなく、もともとの夫婦の味覚が違いすぎるのだと思う。私は結婚した経験がないのでわからないが、最初はどの夫婦も育ってきた環境が違うので、なじんだ味も違う。だから妻の作る料理がおいしいとか、まずいとかいった感想になるのだろうが、それに折り合いをつけていって、その家の味が出来上がるのではないだろうか。

私の友だちは、お父さんが関東、お母さんが関西の出身で、結婚当初は日常の料理、お雑煮、おでんなど、味付けがことごとく違うので、毎日、揉めていたと聞いた。それでも何とか夫婦が歩み寄って、双方が納得できる味付けになったそうだが、お雑煮だけは毎年、関東風、関西風を交互に作っていた。私が若い頃は出身地が違う夫婦の味の好みについていろいろな話を耳にしたけれど、今は日本全国でほぼ同じようなものを食べるようになったので、そういった揉め事は少なくなったかもしれない。

友だちのお父さんは、正直に自分の気持ちを妻に伝えたからいいが、ラジオリスナーの男性に対しては、

「どうして五十年間も自分の希望をいわなかったのだろうか」

と驚くしかなかった。匿名でラジオに投稿しなければならない彼の心情を察する

と、なぜそんなに長く我慢できたか不思議でもあった。夫婦で家庭を作っていくのだから、文句としてではなく自分の希望を相手に伝えるのは当たり前である。それがいえないくらい、とてもきつい奥さんなのか、反対にちょっと何かいっただけで、泣き崩れるようなタイプなのか。男性はなるべく妻の手料理を食べないで済むように、中年以降は、付き合いの会食があると嘘をついて外食をしていた。

ラジオMCの料理好きの既婚女性は、

「それはだめよ。ちゃんといわなくちゃ。これから先も長いのに、ずっと我慢をして奥さんの料理を食べなくちゃならないの?」

と心から悲しそうにいった。同じくMCの男性は、

「でも奥さんも、急にそんなことをいわれたら、びっくりするでしょうね。今までどうして黙っていたんだって」

と静かに話していた。そして男性に対してははっきりとしたアドバイスはせずに、コーナーは終わってしまった。

私は五十年もまずいと思い続けられる料理ってすごいなと感心した。最初はまずいと思っても、長い間、口にしているうちに慣らされて、おいしくはないがそれほどまずくもないと思えるようにはならなかったらしい。いくら奥さんを大切に思っ

ていても、まずい料理がおいしくなるわけではない。しかしその男性はラジオに投稿したことによって、少し気持ちが晴れて、明日からのまずい料理を食べる元気もわいてきたのではないかと期待するしかなかった。

その奥さんもちょっと手抜きをして、主菜になるお惣菜を買っていたら、そんなふうにならなかったかもしれない。それほどまずいのなら、調理に慣れた他人が作ったもののほうがましだろうから、手作りの料理がまずくても、一品、食べられるものがあれば、それで何とか食事は成り立つ。私よりも上の世代の方なので、妻の務めとまじめに料理を作っていたのが徒《あだ》になったようだった。老齢の夫婦二人暮らしなのだから、生活のなかでマイナスな気分になるものは、なるべく排除したほうがいい。

食事を作る人の立場もいろいろとある。働いている母親だから作らないわけではなく、専業主婦だから作るというわけでもない。そして作る料理がどれもおいしいとは限らない。母親ではなく父親が料理を作る家庭も増えてきた。知り合いの編集者には幼い子供がいて、毎日、料理を作るようにはしているが、おかずの品数が足りないので、一品、お惣菜を買って帰る。自分が作るよりも味が濃いのはわかっているのだが、子供は彼女が作った料理よりも、その味が濃いお惣菜を好んで食べるのだそうだ。

「それが困るんです。でもどうやって味を調整していいかわからなくて」

それを聞いた私は、

「市販のお惣菜は味付けが濃いし、油分も多いから、そのお惣菜の中に入っている野菜の量を増やすようにして、さっとゆがいただけのものを足してみたら」

といってみた。

私も以前、どうしても酢の物を食べたくなったものの、家には酢がないという状況で、タコ、きゅうり、わかめ、長芋が入った、一人用パックを買った。きっと味付けが濃いめなのだろうなと、保険で長芋を買って帰った。家に帰って味見をしたら、やはりそうだったので、長芋をお惣菜の中身に合わせて細切りにして混ぜると（それも結構な量だったが）、何とか好みの味になった。

食事の助っ人としてのお惣菜の濃い味を調整するのはどうしたらいいのかなと、それからあれこれ考えてみた。いちばんいいのは野菜と混ぜることだろうが、蒸すのは手間だろうなと思っていたら、うちにはないけれど、ほとんどの家には電子レンジがあるので、それでチンすればいいのだと気がついた。私は野菜炒めのときに水分が出てくると、常備している乾燥湯葉や乾燥エノキなどの乾物を投入して水を吸わせたりしているが、味を薄めるにはあまり役に立ちそうもない。油は使いたくないので、野菜を水炒めして、それを加えても何とかなりそうだ。中華風のお惣菜だったら、レンジで豆腐を水切りし、それをカットして混ぜてもいいかもしれない。

しかし私は家族のために料理を作っていないので、知恵がわかない。そこで自分もフルタイムで働いていながら、周囲に食事をする場所がない研究者の娘さんのために、毎日お弁当を作り続けている料理好きの友だちにその話をしたら、

「春雨がいちばん手っ取り早いわよ。ハンバーグのような洋風お惣菜には向かないけれど、和食と中華にはいける」

と勧めてくれた。彼女は仕事から帰ると、まず湯を沸かすのだという。調理の途中で湯を沸かさなくちゃとか、あれが足りないから用意しなくちゃと考えると、さあ、晩御飯を作るぞと勢いがついていた気分が、料理好きな彼女でさえちょっと落ちるのだという。そして湯が沸くのを待っている間にも、徐々にやる気が失せてくる。

「疲れているし、晩御飯はがーっと勢いで作るしかないのね。だから湯を沸かしておくと、調理の流れが中断しないの。そのお湯で春雨をもどせば、二、三分で使えるようになるでしょ。それをお惣菜に混ぜればいいんじゃない。うちもお惣菜は買

わないけど春雨は常備してる」

お惣菜の味の調整のために、私はわざわざ長芋を買ってしまったが、春雨だったら腐る心配はないし、他の乾物よりも使いやすそうだ。すべてをお惣菜に頼るのではなく、頭を使ってお惣菜をアレンジするのは悪いことではない。それによって作る料理の幅も広がるような気がする。しかし私は文句をいわれる家族もいないので、細々と自炊を続けていくのである。

8 「生活偏差値」を上げよう

先日、午前中に二か所でしなければならない用事があった。用事は十一時前に終わって帰ろうとしたのだが、両方でのやりとりが多くて疲れてしまい、これから家で昼食を作るのが億劫になった。そこでたまにはいいだろうと、デパ地下に寄って食材のついでに昼食も買って帰ることにした。

午前中のデパ地下はまだ空《す》いていて、ゆっくり店内を見られる。美しく並べられた洋菓子のショーウインドーは通り過ぎ、和菓子のコーナーはちらりと横目で眺めつつも、こちらも通り過ぎ、集中レジのある一角で、アボカドやオーガニックの小松菜、ほうれん草をカゴに入れた。私はふだんは鶏肉しか食べないので、精肉売り場に行くと、パック入りのものが並べられていた。しかしできるだけ対面売り場で買いたいので、店員さんに胸肉二枚を量ってもらった。昔は対面でしか商品を買えなかったのに、あっという間に商売の仕方が変わってしまったと思いながら、薄手の包装紙に手際よく包まれた鶏肉を受け取った。

対面売り場に関しては、編集者から教えてもらった話がある。会社の若い女性社員が結婚し、それまで料理などほとんど作ったことがないのに、これからは彼のために料理を作ろうとはりきっていた。そして近所の商店街にある鮮魚店に行って、

「マグロをください」

と頼んだ。

「はい、どのくらい？」

店主のおじさんに聞かれたので、

「うちは二人暮らしだから二匹ください」

と頼んだ。そのとたん彼が、

「はっ？」

とびっくりしているのを見て、

「あれっ？」

と思ったのだが、なぜ相手がそういうリアクションをとったのか理由がわからない。すると店主が笑いをこらえながら、マグロとはどういうものかを親切に教えてくれて、彼女は恥じ入りうつむきながら刺身を買って帰ってきたのだという。

その話を聞いた編集者も驚いて、

「マグロってどういうものだと思ってたの」

とたずねたら、

「アジみたいな大きさかと思ってました。だから二人で一匹ずつ、焼いて食べようと思ったんですけど」

と照れていたらしい。編集者は、

「あらー」

と苦笑するしかなかったといっていた。新婚のその彼女がどのような食生活の家庭に育ったかはわからないけれど、出版社に就職できるのはそれなりに成績がよい人たちである。そういう彼女が二十代後半になるまで、マグロの大きさを知らなかったというのは私にも驚きだった。それまで海中を回遊する映像など、観たこともなかったのだろうか。観ていたとしても、それが食卓にのぼるマグロとは一致しなかったのかもしれない。魚の切り身のキャラクターがあるが、まさかそのままの姿で泳いでいるとは思っていないだろうな、と心配になってきた。

またクイズ番組を観ていると、偏差値の高い学校に在籍していたり、卒業していたりする学生やタレントたちが、私が聞いたこともなく存在すら知らなかった世界遺産を知っているのに、丸ごと一匹の魚の画像を見て、名前が答えられなかったりする。偏差値の高い女性たちに、どの野菜が水に浮くか質問をしていたが、あたふたしてわからない人が多く、どの人が自分で料理を作っていないかがよくわかった。

私にとっては何をいわれているか質問の意味さえわからない、宇宙に関する小数点がいっぱいついたり、見たこともない記号がたくさん出てきたりする複雑な計算問題とか、地球のはずれの島の話とかではない。こういう質問の場合、学歴、偏差値は関係なく、おじちゃん、おばちゃん層や、若い人でも食べるのが大変で、スーパーマーケットなどの生鮮食料品売り場でアルバイトをしていた人たちのほうが得意である。偏差値は彼らには及ばないが、実生活に基づいた質問に強い。「生活偏差値」が高いのである。勉強だけではなく、こういった人たちも褒めてもらいたいものだ。

他にも鮮魚の対面売り場で鮭の切り身を買ってとりあえず食材の購入は済み、あとは昼食である。弁当類の売り場に行くと、台の八割くらいに弁当が並べられていた。いったいどんなものがあるのかと端から眺めていくと、昔ながらの和食の幕の内タイプよりも、中華弁当の割合が多かったのは、それを求める人が多いからに違いない。弁当を買っている客層を見ると私よりも年長の高齢の女性が多く、それに合わせたのか食べやすい小ぶりな手まり鮨の折詰も積まれていた。

そのメインの台の脇に、そのデパートと提携している某高級スーパーマーケット製の弁当が数種類並べられていた。私はその中で箱がいちばん大きいトンカツ弁当に目を奪われてしまった。ごく普通の大きさのトンカツが卵でとじられている。

（トンカツ、おいしそう）

いつトンカツを食べたっけと考えてみたら十三年前だった。そのときは資料を読んで書かなければならない原稿を抱えていた。本を読むのは好きなので、複数の本を読みながら、あれこれ調べていく過程はとても楽しいのだが、それで終わりではなく、肝心な原稿を書くのが辛《つら》かった。本を読んだところだけだったらいいのになあと、毎月、締切が近づくたびにいつもため息をついていた。原稿を書きはじめてもなかなかエンジンがかからず、エネルギー補給のつもりで、連載が終わる最終回の原稿を書いているときには、週に三回はトンカツを食べていた。どういうわけか私の体がトンカツを欲していたのである。そして食後には必ずハーゲンダッツのアイスクリームを一個。原稿を書き終えたら、ひと月で三キロ太っていた。その積み重ねが、それから三年後、漢方薬局にお世話になる、ひとつの原因にもなったのだろう。

あれから十三年も経っているのだから、久しぶりに食べてもいいだろうと、私はまだ温かいトンカツ弁当も買って家に帰った。弁当にはひとつまみのきんぴらごぼうと、三切れの小さな大根の漬物が入っているだけで、明らかに野菜が足りない。私は野菜がないと、肉や魚を食べられないので、小松菜、ほうれん草、玉ねぎ、しめじ、スナップエンドウを簡単に水炒めして、それと一緒に食べた。トンカツはとてもおいしくて、元気が出るような気がしたが、以前のように続けて食べたいとは思わなかった。我ながら週に三回、食べていたなんて信じられなかった。

トンカツを食べたいからといって、豚肉を買って家に帰って一から調理するのは、その日の体の状態ではとても無理だった。かといってすでにトンカツ弁当に目を奪われていたので、買うのをやめるのはとても辛かった。油分もカロリーも高いけれど食欲のほうが勝った。そして翌日からは、またちまちまと自炊の日々になった。料理のバリエーションも少ないし、とにかく簡単に栄養が摂れるような、料理ともいえない拙《つたな》い代物だが、やっぱり自分で作ったもののほうが口に合った。

前章、お惣菜《そうざい》の濃い味の調節の仕方を教えてくれた彼女は自営業で、ふだんは朝七時過ぎに家を出て、電車に乗らずに二十五分歩いて職場に行き、平日は家に帰るのは八時過ぎになる。それなのに到来物のお惣菜はいただくけれど、自分ではお惣菜を買ったことがないのだそうだ。彼女は、「出来合いのお惣菜を買うくらいなら、気に入っている店で外食をする」という。しかしそんな店は価格が高く、気軽に行けないのが難点と嘆いていた。

自分では買わなくても、仕事のお付き合いの関係で、様々なものをいただく。人は自分が食べたいものを人にも送りがちなので、最近は特に甘いもの、味の濃いものが多くなった。なかにはどうやっても調節不可能のものもあるので、そういった場合は、冬はとにかく根菜類の温野菜サラダをたくさん作って食べるようにしているといっていた。

「今はドレッシングは自分で作るけれど、子供が小さくて時間がないときに常備していたのは、マコーミックのセパレートフレンチドレッシングだったわ。これ一本あれば他のドレッシングを買わなくても済むの。醬油を入れれば和風ドレッシングになるし。大根おろしやみじん切りの玉ねぎ、大葉、パセリ、ピクルスを入れたり、マリネ液としても使えてアレンジがきくので本当に便利だった」

時短料理は電子レンジを使う場合が多いので、持っていない私には参考にならない。かぼちゃを下処理する場合、電子レンジで二分でできるのに、それがないとあの固い塊をカットするのに、相当に無駄な時間を費やす。まな板の上でかぼちゃをこねくりまわしているだけで、軽く三分は経ってしまいそうだ。

調理の手順を楽しめる人はいいだろうけれど、私としては食後の読書や編み物のほうがずっと楽しみなので、基本的に好きではない調理には、あまり時間は割きたくないのである。しかし昔はかぼちゃは丸ごとか、二分の一状態で売られていたが、少子高齢化のせいか、最近は調理しやすいように、最初からてんぷら用の薄切り、煮物用の厚めにカットされているものが売られるようになったので助かっている。家では揚げ物は作らないので、薄切りのものはオリーブオイルで焼いたり、蒸して使っている。

料理を作るのが好きだけれども、働いているので時間はかけたくないという人の料理はとても参考になる。鍋につきっきりでいられる時間は限られるので、ささっと作れて栄養もちゃんと摂れるというのがいちばんなのだ。

ただし家族がいるのと私のような単身者とでは、やはり違う部分もある。彼女は、

「年末年始は忙しいし、ちゃんとした料理を作るのが面倒くさくなるのでほとんど鍋」

といい切った。体も温まるし豆乳鍋やキムチ鍋など、バリエーションもあるので、結構、便利なのだという。しかし単身者としては、鍋はハードルが高い。それでも若い頃は一人でも中型の土鍋ひとつ分を消費できたけれども、さすがの私もこの年

齢になると食べられる量も減ってきた。たくさんの食材が一度に食べられるのは魅力なのだが、用意する種類が多ければ多いほど、それぞれひと口ずつになってしまい、鍋の後の残りの食材を消費するのが大変なのだ。

　毎日、鍋という手もあるが、それもちょっと辛い。それならば煮物を作って何回かに分けて食べたほうが都合がいい。といっても最近は冬でも作り置きは安心できないのでほどほどの分量にしなくてはならない。小松菜、ほうれん草などと豚肉の常夜鍋が、私としてはちょうどいいところである。

　久々のトンカツ弁当は食べて満足したけれど、いまだにまた食べたいとは思わない。私にとっては特別な食べ物になったらしい。

　対面売り場に関しては、原稿を書いているうちに、私も若い頃、鶏肉売り場でも肉一枚がどれくらいの分量かわからず、

「二百グラムください」

　といって、売り場の人を困らせたことを思い出した。マグロの女性も恥をかいたけれども、店のおじさんが教えてくれたおかげで、少なくともマグロに関してはこれからは大丈夫だろう。大それた料理を作る必要はないけれど、最低限、自分で御飯を炊き、味噌汁を作るくらいは経験したほうがいいと思う。小学校の家庭科の調

理の授業を思い出したり、その経験がなかったとしても、自発的に家で何度か試してみれば、ある日、作ってみようとしたときに、必ず記憶に残っていてできるはずなのだ。そうなったらみんなの生活偏差値が上がるのになあと私は思うのである。

9　料理の段取り

知り合いの料理上手のPさんが、十二月に入ってすぐ、部下の女性数人と忘年会をした。出席したのは就学前の幼い子供を抱えた人ばかりで、Pさんはいつも彼女たちに、

「小さい子供がいて忙しいから大変だけど、食事は大切だから疎《おろそ》かにしないようにしてね。買ってきたお惣菜《そうざい》を並べるだけではなくて、ちゃんと御飯を作ってね」

と話していた。そういわれ続けているので、そのうちの一人、AさんがPさんの顔を見るなり、

「昨日の夜はちゃんと御飯を作りましたよ」

とアピールしてきた。

「それは立派ねえ。何を作ったの」

「たらこパスタです」

Aさんは胸を張った。

「子供はパスタが好きだものね」

「たらこに生クリームとバターを混ぜてソースにして、子供もパパもとても喜んで食べてくれました」

「それはよかった。それと？」

Pさんの言葉に、Aさんはぎょっとした顔になって黙った。Pさんもあれっと思ったが、彼女が何かいうだろうとじっと顔を見ていた。

すると二人が黙ったのを見たBさんが、

「私も昨日の夜はちゃんと作ったんですよ」

と二人の間に割って入り、得意げにPさんに話しかけてきた。

「あなたもえらいわね。何を作ったの」

「お好み焼きです」

「粉ものもみんな好きよね」

「はい、みんな喜んでくれました」

「それはよかったわね。それと？」

するとBさんもぐっと言葉に詰まり、黙ってしまった。Pさんは、あれっと首を傾《かし》げ、

「どうしたの？　その他にも何かあるんでしょう。たらこパスタやお好み焼きの他に何を作ったの？」

　というと、顔を見合わせて、

「いえ、それだけですけど」

　という。

「えっ、それだけ？」

　Pさんが驚くと、それを見た二人は、

「いったいどこがいけないんですか。私たち、ちゃんと晩御飯を作ったんですけど」

　とあちらも驚いている。

「えーっ、作ったのはえらいけど、それだけじゃ栄養が……」

　そういいかけたPさんに対して、

「でもたらこは魚だし、バターや生クリームも入れたし、パスタは炭水化物で栄養があるんでしょう」

「お好み焼きだって、小麦粉に卵に豚肉も入っていますよ」

　と反論した。Pさんはため息をつきながら、

「炭水化物や魚、お肉には栄養があるけど、ビタミン類はどうなっているのかな」

「ビタミン？　えーと、それは……」

二人は口ごもった。

彼女が食事のバランスから考えると野菜が必要だから、サラダか何かをもう一品、加えたほうがいいんじゃないかとアドバイスすると、

「でもお好み焼きには、キャベツがたっぷり入っています」

とBさんが不満そうにいった。

「それはわかるけど、キャベツだけでしょう。できれば火を通したもののほうが、量をいっぱい食べられるからいいけれど、おひたしとか、切って盛るだけの野菜サラダがあれば、もっとよかったかもしれないわね」

「はあ、そうですか」

二人は納得し難い表情になっていたという。

Pさんは私に、

「みんなは栄養バランスって考えないのかしらねえ」

と聞いてきた。

「うーん。考えてないかも。昔は親も学校も、子供の偏食を許さなかったけれど、

今はそれが虐待ではないかとまでいわれるようになって、いやなものは無理して食べる必要はないっていう方向になっているでしょう。アレルギー体質も多いし。子供が野菜が嫌いだったら、親がよほど考えて食事を作らないと食べる機会がなくなるし、その子が親になったときも同じようにするだろうから、偏食が引き継がれていくんでしょうね」

人間誰でも好きなもの、嫌いなものがあり、何でも食べられる人のほうが少ないのかもしれない。

「でも明らかに野菜が少ないのよ」

たしかにたらこパスタ、お好み焼きだけのひと皿だとちょっと偏りすぎている。もしかして料理を作らない人たちが、野菜を摂っていると自慢するアイテム、野菜ジュースを飲んだのかなと、Pさんが聞いてみたら、食事のときに飲んでいたのが両方ともコーラだったこともあり、常々、ちゃんとした食事を摂ってもらいたいと思っている彼女は、余計にへこんでいた。

でも彼女たちの家族がいいのなら、それでいいんじゃないのと慰めると、Pさんは、

「でも体調が悪いとかだるいとか、いつもいっているの。仕事にも支障があるし、

だからつい余計なことをいっちゃうんだけどね」

と小さな声になった。

「ちゃんと一品、作っているのだから、もうひと息、がんばってもらえるといいんだけどね」

私がつぶやくと、

「そうなんだけど、そのもうひと息が難しいみたいなの」

とPさんはため息をついていた。青菜のおひたしや炒め物、生野菜のサラダだったら、すぐに作れるのにと思いながら、市販のお惣菜に頼りがちな彼女たちにとっては、一品作るだけでも大事《おおごと》なのかもしれない。三食一品のみで済ませる食生活を続けるのは、これから子供も成長することを考えると、やはりよくないのかもしれないなあと、私は他人《ひと》様の家のことながら気になった。

そして年が明けてPさんに会ったら、

「わかったのよ、一品の謎」

といわれた。私たちおばちゃんは、どうして晩御飯に一品しか作らないのだろうと、首を傾げていたのだが、新年会でその理由が判明したと、彼女は目を輝かせていた。

「えっ、どうして、どうしてなの」

身を乗り出して話を聞いたら、母親たちは、

「一品作ると疲れて、もう一品なんて作る気にならない」

といったらしい。しかしたらこパスタは、パスタをゆでている間に、和《あ》えるソースを作っておいて合体させるだけである。シンプルな料理で、三十分も一時間もかかるような料理ではない。お好み焼きだって、順番に具材をのせて焼けばいいだけなので、こちらも時間はそれほどかからない。

Pさんがよくよく話を聞くと、これまで彼女たちは自分なりに料理を作ろうとがんばっていた。しかし続けているうちに、疲れて頓挫してしまった。その疲れる理由が、

「一品作り終わって、また一品作っているととても時間がかかる」

といったという。

「ええっ」

私は単純に彼女たちの「面倒くさい」という気持ちから出てくるものだと考えていたのだが、実はそうではなかった。そもそも並行して調理をするという考え方が最初からないのだった。

「はあ〜」

想像もしていなかった、まさかの理由に私は何もいえなかった。彼女たちが住んでいる家には、複数口の調理可能なガス台か、ＩＨクッキングヒーターが設置してあるはずだ。学生下宿のように一口しかないわけではない。それでも何品も料理を作る人は、段取りを考えて作れるのだが、彼女たちはせっかく複数口の調理器があるのに、それらをフル活用できない。

「それは疲れるわ」

母親たちのいい分に私はいちおう納得した。私だって毎回そんな作り方をしていたら、へとへとになる。御飯を炊くのは炊飯器だからいいものの、たとえば煮魚、おひたし、味噌汁が献立だとして、それを一品ずつ作っていたら、時間もかかるし、第一、最初に作ったおかずが冷めてしまうのは当然だ。彼女たちのいい分は認めたものの、

「どうして複数のことを、一度にできないのか」

と不思議に思ったのも事実である。

私が若い頃は、献立の複数の料理を作るには、それらが最終的にいちばんいい状態で出来上がるように段取りを考え、頭を使って作らなくてはいけないといわれて

いた。それは料理においての当然の常識と思っていたが、今は違ってきたらしい。並行して調理ができずに無駄な時間を費やし、そのあげくに作り手のエネルギーが残っていないのだから、食事が単品になるのは、当然といえば当然なのだった。

何年か前、たまたま書店で見かけた、献立に重点を置いた料理本に、「ここでお湯を沸かす、炒め物用の野菜を切る……」などとあり、どうしてこんなに経過を細かく書く必要があるのだろうかと思っていたのだが、献立全部を一度に仕上げるためには、こういった懇切丁寧な本が必要だったのだ。

並行して調理をするためには、ある程度、いくつかの料理を作った経験があり、それぞれの調理にどのくらいの時間がかかるか知らないと、難しいのかもしれない。様々な事柄を類推する想像力も必要だ。そんな練習をする機会がなければ、身につかないのかもと思いながら、それにしてもぴたっと同時に出来上がらなくても、それなりに複数のおかずを作れるはずだが、そういったことはしてこなかったのだろう。最近は本ではなくインターネットのレシピサイトを使う人が多いようだ。単品の作り方を教えてくれるのは知っているが、並行して複数のおかずを作るために、細かい段取りを指導してくれるようなサイトはないのか。彼女たちが並行して料理が作れないとなると、手取り足取りのサイトはまだないのかもしれない。

テレビでは時短料理の工夫や、家政婦さんが限られた時間内で、何種類もの料理を作っているのを観ることがある。ガス台の複数口やIHヒーター、電子レンジ、オーブントースター、ミキサー、フードプロセッサー、炊飯器などのキッチン家電をフル稼働させて、家族四人分の栄養バランスのいいおかずを三食三日分、そのうえおやつまで作ったりする。それを観ていると、湯を沸かした鍋のなかに、食材を入れたビニール袋をいくつか浸し、湯煎状態にしておかずを作っていた。その方法で、卵液の中にネギを入れて、卵焼き風のおかずも作っていた。そういう方法もあるのかと感心した。並行して調理する発想がない人たちは、そのような映像を一切観ていないのだろうか。幼い子供を抱えて料理は大変だろうし、母親たちにとってはいちばんの関心事だと思うけれど、ママ友との会話でも話題は出ないのだろうか。

そのような家事のプロが話題になるのは、彼女たちのテクニックを参考にしたい人が多いからだろう。少しでもかける時間は短く、品数がある食卓を調えたい。しかし食事は単品でいいと考えていれば、まったく必要のない情報だ。家族もそれでよければなおさらだ。世の中には仕事でも段取りが悪い人はいるから、誰もがてきぱきと物事を並行してできるわけではない。しかし今はほぼどこの家でも電子レンジはあるだろうから、それを使えば単品食を避けることは簡単にできると思うのだけれど。もしもそれすら面倒といわれたら、おばちゃんは、お邪魔しましたと引き下がるしかないのである。

10　白御飯の出番が減っていく

　昨年の一月は新聞小説の締切があったため、のんびりできないので、久しぶりにおせち料理を購入した。そして今年もスケジュールを確認したら、一日と二日しか休めないとわかり、少しでも楽に過ごそうと、またおせちを注文した。昨年は糖質制限おせちの糖分の少なさに満足したのだが、今年は二人程度の少人数向きのものをまずピックアップして、そのなかからオーガニックで添加物を極力抑えたという、おせちにしてみた。小さな二段のお重の一段目に、見慣れた伝統的なおせち料理が詰められ、二段目の隅には豚の角煮が三切れ、その他焼き魚などが入れられていて、多くの品が少しずつ詰められているのもよさそうだった。

　大晦日の夜に届けてくれ、一月一日に角餅、鶏肉、小松菜が入ったすまし汁の雑煮を作り、重箱のなかの煮しめをひと口食べたとたん、しまったと思った。自分が作るものとは味付けが違うとわかっていながら、想像以上に甘味と塩味が強い。素材はオーガニックかもしれないが、ふだん自分の好みで味付けをしている私にとっては、その強めの味がちょっと辛《から》かった。食べているうちに、特に濃いもの、薄味のものがわかってくるので、それを交互に食べて口の中を中和したり、朝、昼は濃い味のものを食べ、夜は薄味のものと分けたりして、何とかほとんどを食べたが、二段目に詰められていた、牛肉の煮物と味噌和《あ》えは、あまりに味が濃くて残してしまった。私には肉類は厚さ二センチの豚の角煮が三切れあれば十分で、

「おせちにこんなに肉が必要なのだろうか」

と問いたくなった。もしもこの肉の多さに気がついていたら、注文しなかったかもしれないが、私はカタログを見た時点で、気がつかなかった。他の、かずのこ、エビ、コハダ、昆布巻きに比べて何倍もの量があるということは、牛肉に関するいわれは何かという疑問はともかく、こういった食材がおせちとして、人気がある証拠だろう。

おまけに牛肉大サービスで、これがまた大きめの器にぎっちぎちに詰められていて、いくら食べても減らない。掘っても掘っても味噌をまぶした肉が出てくる。その残ってしまった牛肉類は、結局、年末に買っておいた、れんこん、ごぼう、こんにゃく、人参《にんじん》、椎茸《しいたけ》などを煮たなかに投入して消費した。椎茸も入れたので、出汁《だし》

は使わずにただの水で煮たのだけれど、それでも十分な味噌味の煮物になった。

昨年は購入したおせちを食べたおかげで自炊の習慣が途切れ、気力を失いかけて、これはいかんと自分を奮い立たせたのだが、今年はおせちがいまひとつだったので、

「やっぱり自炊をがんばろう」

と自分を叱咤《しった》できたのはよかった。昨年よりも今年のおせちのほうが、料理も味付けも、消費者の好みを考えた一般的なものといえるだろう。私は糖分を過剰に摂取すると、体からの注意喚起のように膝下に小さな発疹《ほっしん》が出るのだが、久しぶりにそれが出た。

年頭、私とほぼ同年輩の男性がラジオで、「今時おせちなんて、喜んで食べるような人はいない」という内容の話をしていた。もちろん彼はいわれを知っているのだが、話の中で何度も、

「あんなまずいもの」

と吐き捨てるように繰り返したのが面白かった。食べられないほどまずくないのだから、そんなふうにいわなくてもいいのにとも思ったけれど、よほどひどい味付けのおせち料理を食べてきたのだろう。

私が子供のときは、正月に食べるのは雑煮と母親手作りのおせち料理しかなかっ

たので、目の前に並べられたものを食べていた。伊達巻きや栗きんとんは甘くておいしかったが、ごまめは重箱の中での存在の意味がわからなかったし、黒豆の中に入っている、ヒョウタンツギみたいな赤いちょろぎ（長老喜と書き、植物の根っこの塊茎であるということは、ずっと後に知った）については、

「こいつ、何者？」

という疑問しかわかなかった。ふだんの食事のほうがいいなとは思いながら、お正月はこういうものと、特に文句もいわずに黙々と雑煮や磯辺焼きと一緒に食べていた。他に食べるものがなかったということもある。

最近のおせちは、雑煮などの餅類や御飯と共に食べるというより、お酒を飲みながら食べるのに向く味付けになっているような気がしてならない。味のバランスが、以前とは違っているのだ。私はおせちを食べ終わると、すぐにふだんの食生活に戻るのだが、正月はまったく雑煮は作らず、宅配ピザを注文したり、ラーメン、焼き肉、すき焼きを集中的に食べたりする人も多いと聞いた。

料理上手な友人は、夫が京都の骨董店で蒔絵《まきえ》の立派な重箱を購入したのをきっかけに、年末から一人で準備をはじめ、一月一日に夫の部下を招いて総勢十人以上の新年会をするようになった。テーブルの上がお正月風に美しく設《しつら》えられ、おいしそ

うなおせち料理が詰まった蒔絵の重箱が並べられている画像を見せてもらったときには驚嘆した。このような家もあるのだが、ここまではないにしろ、今後はこのような正月の食卓の風景も、趣味の範疇《はんちゅう》になってしまいそうだ。うっとりするような画像を思い出しつつ過ごしているうちに、私の正月気分はあっという間に消え去っていった。

先日、食後にテレビを観ていたら、クイズ番組で「日本人一人が一日に食べる米の量（消費量）は、世界で何番目か」という問題が出た。国際連合食糧農業機関（FAO）の二〇一三年のデータで、百七十三の国と地域を調査した結果だという。一位から五十位までランキングが出ていて、一位、七位、十八位、三十二位の四か所が空欄になっており、それのどこに日本が当てはまるかという質問だった。私は、いくら御飯を食べなくなったといっても、七位、悪くて十八位だと想像していたら、何と三十二位だった。一日に食べる量は百六十四グラム。これは炊飯前の米の量だろうから、おにぎりにすると三個半くらいの分量だろうか。（編集部注：その後データ更新、百八十六か国中四十四位と修正された。「FAOSTAT」2020）

日本には大食漢の代表の力士がいるし、アスリートの若い女性たちが、「平気で丼二杯、御飯を食べます」と笑っているのを観たことがあるので、そういった人たちが、みんなが米を食べない分を補って、たくさん食べてくれているのではと想像していたが、実際はそうではなかった。そんなに少ないのかと驚いたが、考えてみたら私自身も夜はほとんど御飯は食べないし、食べたとしても茶碗に半分以下だ。朝と昼の御飯の量を考えても、おにぎり三個半の量に満たない。世の中にはうどん、そば、パスタ、パンなどもあるから、それを食事に取り入れていたら、一日おにぎり一個分もなく、全然、食べない日もあるはずなのだ。

私が御飯を炊いて自炊をしていると知ると、ひとり暮らしの女性たちに驚かれることが多かった。

「御飯ってなかなか食べられないんですよ」

という。炊飯器やレンチン御飯にすれば楽だろうにと思い、

「毎日、どんなものを食べているの」

とたずねると、朝食は前夜、会社からの帰り道にコンビニで買っておいた菓子パンとコーヒー。自分で、よくやったと思える満足な朝食は、フルーツ・グラノーラに牛乳、スムージーだそうである。昼は会社でサンドイッチや惣菜パンのような、近くのコンビニや店舗で購入できるもの。夜は同僚と一緒に食べる場合は、行きつけの居酒屋か、イタリアンだという。

私はお酒が飲めないのでわからなかったのだが、最近の女性はお酒を飲む人が多いので、夜は御飯を食べずにお酒と料理という人もいるのではないか。イタリアンも基本はパスタなので、意識してリゾットを注文しない限り、米は口の中には入らない。家でワインを飲むとしたら御飯は合いそうにないし、日本酒、焼酎、ビールもそうだろう。そうなると御飯の出番はないのである。

また、きちんと昼食の時間として一時間取るのは難しいという話も彼女たちから聞いた。

私は食事の時間は絶対なので、どんなに仕事が詰まっていても、きっちりと一時間取る。そうしないと元気が出ないのだ。彼女たちは、ひどいときはずーっとパソコンの前で作業をし続け、夕方になって昼御飯を食べていないことに気付くという。会社のパソコンの前で仕事をしながら昼食を食べるとなると、両手がふさがると仕事の効率が悪くなるので、御飯とおかずの箸で食べる弁当ではなく、片手で食べられるものを選んでいるのだとわかった。

そうなるととりあえずはお腹の中には入っていくけれど、食事を摂ったという感覚はほとんどないのではないか。何となくお腹が空《す》いて、何となく歯ごたえがなく、よく嚙まなくても済むものを口の中に入れて終わり。夜も液状のものを重点的に流

し込んで、体力がつきそうな肉を食べておく。なかには、

「何人かで食事をするときはいいけれど、夜、部屋で一人で食事をするときに、御飯を食べると何となく悲しくなってくるので、パスタやパンにしちゃうんです。パンとレトルトのシチューよりも、自分で作った御飯と味噌汁のほうがわびしい感じ。何でですかね」

といった女性もいた。御飯は実家や家庭など、家族を連想させるのだろうか。

人の毎日の行動は、習慣になっているから、食事も同じだ。私の知り合いの、子供がいない五十代後半の女性はフルタイムで働き、夫と二人暮らしなのだが、

「最近、全然、御飯を炊いてないいんです」

という。若い頃は鍋で御飯を炊き、夫も協力的で早く帰ったときはよく料理を作ってくれていたという。

「今は会社から帰ると、夜九時くらいになってしまうし、それから料理を作るのも面倒になっちゃって」

それはそうだと同情した。人は歳を取って年々体力が落ちるし、できなくなることが増えてくる。彼女は平日は夫と連絡を取り合って、どちらかが二人分の晩御飯用の弁当や惣菜《そうざい》を買って家で食べる。朝食は食べないか、冷凍してあったパンを焼

いてジャムやスプレッドを塗り、コーヒーを飲んで家を出る。休日は、ふだんは二人でいる時間が少ないので、外出して食事をするのだという。

「これじゃ、いけないと思うんですけどね」

「それでいいんじゃないの。無理をしないほうがいいわよ」

そう私はいった。疲れきって家に帰ったのに、それから御飯を炊いて飯を作れというのは、二人にあまりに酷な話である。それならば食事は外注方式にしたほうがいい。休日に夫婦で出かけて、そこで食事を摂るほうが、二人のためにはずっといいような気がする。

それは彼女が過去に食事を作った経験があり、下地ができているからだ。きっと彼女は、今、御飯を炊いて味噌汁を作ってといわれても、すぐに作れるだろう。料理は自転車と同じで、一度、うまくいったら、一生、作り続けられるようになる。しかし今は、その自転車に乗る練習すら拒絶する人が多い。

糖質等の問題で御飯の肩身は狭いし、家族構成の変化もあって、これからもっと米の消費量は減りそうな気がする。おせちでさえ、日本人が親しんできた、餅、御飯とは合わない味付けになり、十年後には存在すらなくなってしまいそうだ。日本人の食が生活環境、嗜好と共に本当に変わってきた。こんな現状ではそれもまたやむをえないと、さびしい気分で納得したのだった。

11 恋人の手料理

知り合いの女性から聞いた話だが、彼女のカットを担当している、ヘアサロンの二十代後半の男性が、母親ではない人が作ったラップを使わないおにぎりや、手料理はできれば食べたくないといったという。彼の同僚の同年輩の男性三人も、同じような意見だったとか。付き合っている彼女に対しては大丈夫かと思いきや、実母以外の人と同じ扱いなのだそうだ。その理由は「汚い」「うちの匂いと違う」だそうで、彼らは特にマザコンでもないらしいが、

「世の中、本当に変わったなあ」

と驚いてしまった。

交際中の彼女が作った、ラップ不使用のおにぎりは食べたくないとなると、彼らは結婚して妻が作った料理を、いったいどんな気持ちで食べるのだろうかと不思議な気持ちになった。選択肢としては、「妻なので気にしない」「我慢して食べる」「調理の際、ラップやゴム手袋を使うようにいう」「妻には作らせずに自分で作る」

「家では食べない」のどれかになるかと思うが、家での食事に選択肢があること自体おかしい。妻の作ってくれたものは、腐っていない限り、何でも食べるのが夫だろうがと思う。口に合わなかったらお互いに意見を出し合って調整していく。もちろん夫が作って妻が食べてもである。

私が若い頃の高校、大学での同年輩の男の子たちは、だいたい昼食を食べた二時間後には腹を空《す》かせていた。食欲旺盛なので、菓子パンの二、三個では空腹感が満たされず、アルバイトをして懐が潤っているときは、ラーメン&ライス、どちらも大盛り、そして餃子《ギョウザ》をおやつのように食べていたが、懐が寂しいときは、

「腹減った……」

とつぶやいてとても悲しそうだった。好き嫌いなどいわず、それはちょっとあぶないかもと私たちが注意しても、平気、平気といいながら、ぱくぱくと食べていた。コンビニなどはなかったし、定食屋で食べるにはお金がない。そういう同じゼミの懐が寂しい男子学生のために、女子学生が自分で作ってきたり、家で母親に作ってもらったりして、

「よかったら食べて」

とおにぎりをたくさん作って持っていった。私も母に、中に鮭やおかかや昆布の

佃煮が入り海苔で巻いた、ごくごく普通のおにぎりを十個ほど作ってもらって持っていった。集まった五十個ほどのおにぎりを目にしたとたん、彼らの顔はぱっと明るくなり、

「ありがとう、ありがとう」

と何度も礼をいいながら食べていた。どこから無料おにぎりの話を聞きつけてきたのか知らないが、

「あんた、誰」

といいたくなる見慣れない顔もいた。彼も、「うまい」を連発して喜んで帰っていった。

なかにはすべて食べ尽くされた後に走ってきて、

「うわああ、おおおお」

と身悶えして悔やんでいる人もいた。

見知らぬ人が作ったものはいやなどという男子学生は一人もおらず、みんなとても喜んで食べてくれた。今はそんなに腹を空かせている男子学生もいないだろうし、他人が作った何十個ものおにぎりを前にして、食べろといわれても困惑するだけなのだろう。それだけ食べ物に対して、執着がなくなってきたのだ。

　また、夫に先立たれたQさんの社会人の息子には彼女がいる。これまでも彼は交際している彼女についてはオープンにしていて、高校生、大学生のときの交際相手についても、Qさんは報告を受けていたし、交際している彼女を家に連れてきたこともあった。一人息子なので、Qさんとしては若い女の子と話すのを楽しみにしていたのだが、これまでの彼女は、

「お母さんと何度も会うのはちょっと……」

　と尻込みしていたらしい。

　ところが息子と同い年の現在の彼女は、積極的に家に遊びに来たがり、そして、

「お母さん、お母さん」

　としきりに懐いてくる。最初はQさんもうれしかったのだが、だんだん押しの強い彼女に、疑問を持つようになった。高校生、大学生のときはまだ結婚などは考えていないだろうが、二十代後半になると、彼女としてはそういう気持ちにもなるだろう。しかし息子に聞いてみると、「今のところ結婚する気はない」という。心配になって、

「でも彼女はそういうつもりなんじゃないのかしら。ちょっとあせっているような気もするけれど」

と本音を話した。

「うーん、でも生活を一緒にするタイプじゃないんだよね」

という。Qさんはこれはへたをすると彼女から、息子に遊ばれたと誤解を受けかねないと思い、

「そのへんはきちんとしないと。彼女とよく話し合ったほうがいいわよ」

とアドバイスをしても、

「でも、結婚する気はないし」

という。Qさんとしては、だから別れろともいえず、ただこのまま結婚する気がないのに、彼女と交際を続けていいものかと、母親として悩んでいた。

あるとき息子が、彼女が母の日をお祝いしたいので家に来るといっているといわれた。

「彼女のお母さんもいらっしゃるの」

「ううん、一人だよ」

「でも、あちらにもお母さんがいるのに、どうしてうちに来るのかしら。そういってくれるのはうれしいけど」

Qさんがとまどっていると、彼女がやってきた。手には大きな紙袋をぶら下げている。

「わざわざありがとう。お母様はどうなさっているの？」

Qさんが声をかけると、

「ああ、うちの母には適当にやっておきましたから、いいんです」

とにっこり笑っている。

（適当にやっといたって、どうしたの？　大丈夫なのかしら）

Qさんは心配になったが、口には出さず彼女を居間に招き入れた。

するとソファに座った彼女は、

「がんばって作ってきました」

と大きな紙袋の中から、二十センチ角ほどの三段重を取り出して、目の前のローテーブルの上に置いた。Qさんと息子が見ていると、彼女は一の重と二の重を持ち上げて、三の重を二人に見せた。いったい何が入っているのかと前のめりになっていた二人の目の前に登場したのは、ぎっちぎちに詰められたソース焼きそばだった。それも具はキャベツのみ。

「こ、これは……」

Qさんがつぶやくと、彼女はそれには答えず、

「はい、これは二段目でーす」

と二の重をソース焼きそばが詰まった三の重の隣に置いた。入っていたのは白い御飯だった。何も炊き込んでいる形跡はなく、ただの御飯。Qさんと息子がびっくりしていると、

「はい、最後に一段目でーす」

と蓋を開けた一の重に入っていたのは、三本の皮付きバナナだった。

Qさんと息子がさらにびっくりしていると、彼女はにこにこ笑いながら、

「お母さま、お箸とお皿はどこにありますか」

とダイニングキッチンに行こうとするので、あわてて、

「ああ、私がやるから大丈夫、あなたは座っていて。今、持ってくるから待っててね」

と止めて、急いで食器棚に歩いていった。

(いったいあれをどうやって食べればいいの。御飯に焼きそばなんてどうするの。おまけにあの丸のままのバナナって何?)

とにかく焼きそば、御飯を入れる器、バナナを切るためのペティナイフと皿、フォークをトレイにのせて居間に運んだ。彼女と向かい合っている息子の顔をちらりと見たら、明らかにこわばっていた。

「どうぞ、お食べになってください。結構、よく出来たと思います」

彼女は熱心に勧める。Qさんは、

（『召し上がって』だね）

と彼女の言葉をチェックしながら、まず目の前のソース焼きそばを皿にのせ、いただきますといって食べた。

「どうですか？」

目を輝かせて聞いた彼女にQさんは、

「ちょうどいい味付けになっているわ」

というしかなかった。

「そうですか、よかった」

これは明らかにごく普通に売られている、生麵のソース焼きそばを作ったもので、彼女なりの工夫があるわけでもない。次の御飯にしても、ただ普通に炊いてあるだけなので、感想のいいようがない。それでもQさんは彼女を傷つけてはいけないと、

「最近はたくさんのお米のブランドがあるみたいね。このお米のブランドは何？」

と聞いてみたが、

「さあ、わかりません」

と彼女が首を傾《かし》げたので、会話はそれで途切れた。息子は黙ってうなずきながら、

ほとんど具のない焼きそばを食べている。

「そばめしっていうのもあるわよね」

またまたQさんが気を遣って話しかけると、彼女は、

「そうなんです。でもお持ちするのに、一緒に炒めるのはいけないかなって思って、別々にしました」

という。

(いっそ、そばめしにしてくれたほうが、食べやすかったんだけど)

彼女にはいえない言葉をQさんは腹の中におさめつつ、ソース焼きそばをおかずに御飯を食べた。

「バナナはこのままでいいですよね」

彼女がそういうので、三人で運動会でのおやつのように、バナナの皮をむいて食べた。彼女のQさんへの母の日のお祝いは、それで終わった。

彼女が帰った後、Qさんと息子は、

「あれは何だ」

とあっけに取られていた。御飯のおかずとしてソース焼きそばがあり、デザートとしてバナナを入れたと、彼女の意図はわかった。

「焼きそばもカップ麺じゃないし、御飯もレンチン御飯じゃないから、とても手をかけたと自分では思ってるんだよ」

息子はため息をついていた。

Qさんと息子はびっくりしたが、彼女にはそれは常識外れではなく、彼の母親を祝うための「料理」だった。Qさんはどこまでアドバイスをしたらいいかと悩んでいた。息子が婚約者であれば、義母としていえるけれども、息子は結婚する気はないといっているし、今の立場ではあれこれいいにくい。自分のために作ってくれたことも、これはちょっと違うのではといい難い要因になっていた。それを聞いた私も困った。ただ二人の結婚はなさそうだという雰囲気は漂っていたので、それならば三段重の件は、忘れていいんじゃないのとQさんには話した。

昔は世の中の人の食に対する常識はほぼ一致していたが、今は違っている。彼女の握ったおにぎりでさえ、食べたくない彼氏もいるのだから。私はこれらの話を聞きながら、生活の基本は食なのに、そういった考えだとますます彼らが結婚するのは難しそうだし、結婚したらしたで、びっくりするような食べ物が出てきそう。傍から見ていると面白いといえば面白いが、想像もつかない状況の連続に、私はただただ、へええと驚いたのだった。

12　変わっていく食の常識と調理法

六十年以上生きていると、当然のようにいわれていたことが、あるときからころっと、ひっくり返って驚くことが多い。栄養学も年々、環境も人々の行動も変化していくなか、日々の新たな研究の結果、まんべんなく三十品目の食品を摂るようにとうるさくいわれていたのが、いわれなくなり、一日に摂取するべき野菜の量が、以前は三百五十グラムだったのが、四百グラムに増えている雑誌を見た。運動をしたり、立ち仕事などの身体活動レベルが高い人たちは、十二歳以上で四百六十グラムだった。そして果物が一日百五十グラム。このデータを載せていたのは、良心的な雑誌を出している版元なので、ある程度信頼できるデータなのだと思う。理想的な摂り方として、私のように座業で身体活動レベルが低い場合は、野菜は朝、昼で百グラムずつ、晩で二百グラムが目安のようだ。一方、たんぱく源は朝に卵一個、肉や魚は、昼、晩で五十グラム〜七十グラムずつになっていた。野菜に比べてずいぶん少ない。

家にあった野菜を量ってみると、玉ねぎが一個百三十グラム、人参《にんじん》が八十グラム、小松菜が一袋二百グラムで、とりあえずこれらを全部食べればクリアできる。私は野菜好きなので消費する量も多く、様々な種類の野菜を買っているけれど、もしも家族で食べるとなったら、大量に買っておかないと、足りなくなりそうだ。家族四人で子供が中高生。三食を家で食べるとしたら、野菜のみで一日、一・八キロ近く。一週間で約十二キロの野菜が必要になる。そして果物が一日、百五十グラムなので、四・二キロ。新しいデータでは果物も結構な量が必要になっていた。私が見聞きした一般的な家庭や、外食の内容を考えると、肉の量と野菜の量が逆のような気がした。

私が子供の頃には「米を研ぐ」といっていて、母が台所の流しで、文化鍋に入れた米を手に力を入れて研いでいた。そばでじっと見ていると、やってみなさいといわれたので、教えられたようにやったが、

「手先だけでやってはだめ。腰を入れて親指の付け根に力を入れないと」

といわれた。しかし小学生にそんなことができるわけもなく、特にやりたくもなかったので、米研ぎはしないと母親に宣言した。しかし同級生のなかには、器用に米を研ぐ女子もいて、

「お母さんみたい」

と驚いたりした。

しかしずいぶん前から、精米技術が発達したので、それほど力を入れて研ぐ必要はない、それどころか力を入れると米が割れてよくないといわれるようになった。以降、米は研ぐよりも洗うものになり、洗う必要がない無洗米も登場して、多くの人が愛用している。こういっては悪いが、私は無洗米は不精な人用だと思っていたのだが、実際は排水口に流してしまう、米の研ぎ汁による環境汚染を防ぐために開発されたものだと知り、勘違いをしていて申し訳ありませんでしたと、謝りたくなった。

調理法もどんどん変わっていて、こちらのほうにも驚かされた。栄養を無駄にしているという内容の本を読み、しゃぶしゃぶをすると、栄養が肉ではなく湯の中に流れ出てしまうとか、栄養価が高くなるりんごの切り方など、何も考えずに当たり前のようにやっていたことが違っていた。私はこの本を何冊か買って、料理好きの友だちに配ったら、みんな私と同じように驚いていた。

私は一度、かき揚げを作ろうとして、大失敗して以来、家では揚げ物をしていない。油に入れたとたん、ぱっと四方八方に散って、大きめの天かす状態になってしまった。後日、料理上手の人に理由をたずねたら、油の温度が高かったので、もう少し温度を低くしたらそうならないはずと教えてもらった。しかしひとり暮らしの揚げ物は、油の処理も面倒で、労多くして功が少ないので、揚げ物はしないと決めている。このような理由で私は試せなかったのだけれど、料理教室が大人気という男性の先生が、鶏の唐揚げを作るのに、冷たい油から揚げるというのを、ザッピング途中に偶然テレビで観て、あまりに意外だったので、つい観続けてしまった。

料理の作り方を思い出すとき、実家で母親がどういう手順で作っていたかが、まず頭に浮かぶのだが、調理師の免許を持ち、仕事にしていた母親は、たっぷりの油ではなく、フライパンに少量の油を入れて唐揚げを作っていた。

「唐揚げにはたくさんの油はいらない」

とはいっていたが、冷たい油の中には肉を入れておらず、いちおう適温といわれる状態まで油を熱して、それで揚げていたと思う。

料理教室の先生の作り方を手短に説明すると、鶏肉に下味をつけたら、一センチほどの深さに油を入れたフライパンの中に並べる。そして肉がひたるくらいに油を足し、弱火にかける。泡がぷつぷつと出てきたら、温度が百度になった目安なので、そうなったら火を止めて一分間置く。そしてまた弱火にかけて泡が出てきたら火を止める、を十分ほど繰り返し、一度、肉を裏返して三分ほど揚げて取り出す。そして油の温度を上げて高温にして、色づくまで揚げる。観ている限りでは、最初は油で煮ているような感じだったので、大丈夫かと心配になってきたが、試食した人たちは、衣がさくさくして肉はふんわり、ジューシーという感想だった。

野菜炒めをするときも、フライパンに油を引き、そこに野菜を入れて火をつける。炒め物は強火でがーっと、というイメージだが、ずーっと弱火なのである。ハンバーグの肉は手でこねるのではなく、すりこぎで肉を叩いてまとめていた。形作った肉の真ん中をへこませる必要はなく、ここでも火をつけないで油を引いたフライパンにハンバーグを入れて、弱火で火を通していく。またハンバーグが焼けると、その後にフライパンに肉のおいしい煮汁が残っているからと、それを使ってソースを作っていたのをかつてはよく観た。それがきちんとした作り方だと思っていたが、彼がいうにはそれは厳禁で、肉を焼いたフライパンの中の油は酸化していて、それを使うと酸化した油を体内に入れることになるので、体のためによくない。ハンバーグ用のソースは別のフライパンで作ってかけたほうがよいという話だった。

ハンバーグは私も作った経験があるが、母親の作り方や、多くの料理本にあった通り、手で肉をこねて形作ったら、何も疑わずに真ん中をちょっとへこませた。火が入ると肉の中央部分が膨らむので、それを避けるためといわれていたと思う。そして油を引いて熱したフライパンの中に入れた。

「こんなものかしら」

とずっと様子を見ながらハンバーグを焼いていた。先に表面に焼き目をつけて、中にじっくりと火を通すというのが、一般的な焼き方だった。

この焼き目をつけて旨味をとじこめるというのも、これまでごく一般的にいわれていたが、実はそうではなかったらしい。焼き上がると、私は、「そこにおいしさが凝縮されている」という料理研究家の先生方の説を信じ、フライパンに残った旨味（といわれている部分）をこそげ取るようにしてトマトピューレやウスターソースを加えて、ソースにしていた。しかしそれは酸化した体によくない油であるといわれてしまうと、以前にそのようにするとよいと教えていた料理研究家の立場がなくなってしまいそうだ。

アップデートされた最新の料理の情報に基づくという、売れている料理本を買ってみたら、食の環境も昔とは大きく変わっていて、それによって米の研ぎ方も変わるし、野菜の保存についても、野菜が土に生えているときと同じ状態で、立てて保存しておくと長持ちするといわれていたのも、実はそうではないと書いてあった。

立てて保存をいい出したのは誰なのだろうか。私の想像では、いい出した人も悪意があったわけではなく、薬物が長持ちしないと聞いて、その理由をあれこれ考えた結果、

「そうだ、生えているときと同じ状態にすれば長持ちするに違いない」

とひらめいただけなのではないか。それが偶然かどうかわからないが、長持ちしたと感じた人がいて立てて保存説が通ってしまい、広まっていった。その後の食関係のいろいろな事柄の検証で、根拠がないといわれるようになったが、イメージと科学的根拠との違いだろうか。しかしこれまで明らかに結果が出なければ、説は立ち消えになるはずだが、この説が受け継がれていたのは不思議だった。

その本にもテレビで観たのと同じように、唐揚げを作るには、冷たい油に入れるようにと書いてあった。しかしハンバーグについては、焼いた後のフライパンでソースを作ると書いてあったので、その点は違っている。科学的な考えに基づくとはいいながら、彼らのいっていることは一致していなかった。科学的な考えに基づいているのならば、一致しないのは変じゃないかとは思うのだが、酸化をとるか、もったいないをとるか、自分にしっくりくるほうを選べばよいだけだろう。

料理上手な人と一緒に食事をすると、お店の人に作り方をよく聞いている。先日、

友だちの家に呼ばれて、ちらし寿司、はまぐりのお吸い物、ふきのとうなど春野菜の天ぷら、うどの酢味噌和《あ》え、ふきの煮物など、私が家では作らない品々が並んで、それがどれもとてもおいしくて感激した。はまぐりのお吸い物がとても柔らかい味だったので、理由を聞いたら、知り合いの料理を生業《なりわい》にしている人に、はまぐりのお吸い物の出汁《だし》をとるときには、

「鰹を入れるとはまぐりの味を邪魔してしまうので、うちでは昆布だけで出汁をとっている」

と教えてもらったといっていた。ちらし寿司の寿司飯も、酢の味が勝っているものも多いが、とてもまろやかでいくらでも食べられそうだったので、他の寿司酢とどこが違うのかと聞いたら、一度、酢、砂糖、塩を合わせたら、火にかけて酸味を飛ばし、それを冷まして使っているという。その一手間が違うのだなあと感心した。それは私の味の好みであって、酸味があるほうが好きな人もいるだろう。酢のかわりに柑橘《かんきつ》類を搾って使うという話も聞いた覚えがある。

毎年、大きな重箱におせち料理をいっぱいに詰めて作る、料理上手な友だちも、低温調理をすると一度火を入れたタコでも、柔らかくなるといっていた。それも料理のプロから聞いたそうだ。しかしその低温調理というのも、湯煎で何時間も時間

をかけなくてはならず、今は時短料理が流行っているけれども、やはり手をかけたものは一味違うのだなあと感心した。

彼女たちは、外食も勉強のひとつとして、プロの作り方を聞き、家で再現して自分のものにしている。そのなかには検証してみたら現代の科学にかなっている方法もたくさんあるのだろう。私は料理に対してそこまで熱意がないので、彼女たちの話を、はああといいながら聞いているだけだ。唐揚げ、ハンバーグ、ちらし寿司、はまぐりのお吸い物の春の食卓、そして柔らかいタコも、私の食生活のなかでは、作らないものばかりだ。せめて何かひとつくらいは自分のものにと、冷たいフライパンに入れる野菜炒めだけは試してみた。たしかにおいしかったが、これまでの作り方の味を忘れているので比較できない。しかしせっかく情報を仕入れたのだから、これからは野菜炒めだけは、その方法で作っていこうと思っている。

13 ビスケット、キャンディー

空気が乾燥したり、突然、大雨が降ったり、また晴れたりと、本当に天気が複雑である。ふだんは飴を食べる習慣はないのだが、乾燥している日に外出しなくてはいけないときは、のどをうるおすために、のどの薬代わりに老舗《しにせ》のメーカーが出しているのど飴を口にする。スーパーマーケットやドラッグストアで売られているものは、袋入りで量も多く、バッグに入れるにはかさばるので、私は割高になっても、コンビニで売っている十個入りを買っていた。

ある日、手持ちの飴がなくなったので、コンビニに行くと、そのアップグレード版ともいえるのど飴が売られていた。こちらのほうがのどに効くのではないかと思い、それを買って口にしていた。ところがふと気がついて、

「こういったのど飴には、何が入っているのだろうか」

とただでさえコンパクトな包装に記載されている、原材料名をチェックしようとしたら、老眼にはきつい一・五ミリ角くらいの文字が並んでいた。飴を持っている

手を近づけたり遠ざけたりしながら読んでいったら、のど飴には想像もつかない、マーガリンが入っていた。口に入れてもマーガリン感はまったくなかった。そこで以前、買っていた通常版ののど飴を見てみたら、それには入っていなかった。私はのど飴にマーガリンが入っていたことに驚き、それからは以前買っていた通常版ののど飴に戻したのであるが、表示を見ないとわからないものだなと思った。アップグレード版を口にしたあとでは、通常版はちょっと物足りない感じがした。その物足りなさのなかには、マーガリンが入っていないせいもあったのかもしれない。

マーガリンは今はトランス脂肪酸の問題で、あれこれいわれているが、私の小学校の給食には、毎回もれなくパンに塗るマーガリンがついてきていた。それをほぼ毎日食べていたのだから、いったい体の中はどうなっていたのかと思うが、まあ今は問題なく過ごしているので、何とかなったのだろう。しかし自分が知って口に入れるのと、知らないうちに口に入れているのとでは、ちょっと違う。

「どんなものでも、原材料をチェックしないとだめだなあ」

とあらためて感じた。

私はＳＮＳは何もしていないので、外から眺めているだけなのだが、いつもツイッターを見ている、食事はオーガニック派であり、体のメンテナンスの専門家で、

料理人でもある男性が、

「マーガリンもショートニングも入っているが、味のバランスがすごい」

と褒めていたので、ギンビスの「たべっ子どうぶつ」というビスケットを買ってみた。ふだんスナック菓子は食べないし、ポテトチップスもここ何十年も食べていない。子供用のお菓子のところにあるかしらと、近所のスーパーマーケットで探したら、そこにピンク色の箱が置かれていた。何と値段は百円。めちゃくちゃ安い。他の食材と一緒に孫への土産みたいな雰囲気を醸し出しつつ、家に帰っておやつに食べてみた。名前のとおり、動物の形に抜いてある薄いビスケットだ。変な甘さやしょっぱさもなく、書いてあったとおりにいいバランスの味だった。

おやつと学習を一体化させたのか、パッケージに書いてある英文自体が、

「Which flower do you like?」

「The yellow one!」

とちゃんとした会話なのである。他の部分はほとんどひらがなで、漢字にはルビがふってあるというのにだ。中袋の封を切ると動物のシルエットが型抜きされたビスケットに、それぞれの名前が英語で書いてある。私が子供のときも英字ビスケットというものがあったり、ちょこっと英語が書いてあるものもあったが、それはC

AT、DOG、FOX、難しくてもRABBIT程度のものだった。しかしこのビスケットに印字されている動物の名前は、もちろん私が子供の頃に知った、初歩の初歩の英語の動物名もあるのだが、「FUR SEAL」「LYNX」「MACAW」「PEAFOWL」「PORCUPINE」「RHINOCEROS」「SQUIRREL」と書いてあるのを見て、すらすらと答えられる人がどれくらいいるだろうか。ちなみに意味は「オットセイ」「オオヤマネコ」「インコ」「クジャク」「ヤマアラシ」「サイ」「リス」なのだが、今の子供たちは、お菓子を食べながら、こんな単語も勉強しているのかとびっくりしてしまった。

また箱の内側にはじゃんけんや英語クイズもある。

「体はとっても細いのにとっても重い動物は？」

重い（Heavy）なので、答えはヘビ。

「数字の1を英語で言える動物は？」

ワン（One）なのでイヌ。そして底の部分にはブタのイラストが描いてあり、「切り取ってコースターなどに使ってね！」と書いてある。側面にはビスケットを使ったアイディアレシピも載っていて、この百円の一箱にものすごい情報量が詰まっているのだ。

これは子供が買ってもらったら喜ぶだろうなと思いつつ、私も動物の名前に関してはとても勉強になった。思えば英字ビスケットを買ってもらっても、単語自体をろくに知らないものだから、「CAT」「DOG」「MONKEY」「TIGER」くらいで、すぐに知っている単語の在庫が尽きてしまい、あとはぼりぼりと食べるだけだった。

それに比べたら本当に充実しているお菓子だった。そして私にとっては、子供用なのでカロリーはあるけれども、重量が六十三グラムと少ないのもよかった。買ったとしても、一日で食べきることはないので、こういったおやつもたまにはいいかもしれない。私には甘い物は週に一度程度がいちばんいいような気がするが、仕事が詰まっているときは、少しずつ毎日食べたい。そんなときにはたまにこれを一箱買って、動物の形と印字してある名前の英単語を見ながら、三日に分けて食べたら大丈夫かもなどと考えた。

知り合いにのど飴にマーガリンが入っていた話をしたら、

「ちょうど、箱入りのキャンディーをもらったからあげる」

ときれいな花柄の箱入りの、アンブロッソリー・キャンディーという、イタリア製のキャンディーをもらってしまった。中を開けると十五ミリ×十三ミリ程度の超小粒の楕円形のキャンディーが紙に包まれて、両端がねじられている、基本中の基本といいたくなるようなキャンディーの形状だ。箱はふたつに仕切られ、片方には茶色の包み紙のもの、もう一方にはオレンジ色と黄色の包み紙のものの、三種類が入っていた。茶色いほうはエスプレッソ味、オレンジ色と黄色のほうはシシリアンフルーツで、オレンジ色はオレンジ味、黄色はレモン味だった。

原材料もシンプルで、いちばんよかったのはこんな小粒でも、一粒か二粒口に入れるとそれで満足する点だった。小さいおやつはいいかもしれないと、インターネットで検索すると、何ともう一種類、ベージュの包み紙のカプチーノがあるのを知った。私はコーヒーは飲めないのだが、コーヒーの味自体は大好きなので、こういったコーヒー系のキャンディーはうれしい。そのうえ小粒というのがいい。甘い物を大量に食べたいわけではなく、ちょこっと口にすれば満足するので、これを常備しておけばいいのではないかと、輸入菓子も扱っている近所のスーパーマーケット、何軒かをまわってみたが、そこにはなかった。

仕方なくインターネットで検索すると、一袋が六十グラム入りで小さいため、まとめ買いでないと難しいようで、その店の三種類がセット売りになっているものを購入した。ところが届いてみたら、六十グラムといってももともとが超小粒なため、それなりの量になっていた。これは一人では消費できないと、せっせと友だちに配ったりしたけれど、まだ大量に残っている。そして気がついたのだが、毎日一粒ずつ食べたとしても、さすがに一週間続くと飽きてきたのだった。

賞味期限までには一年半以上あるので、それまでにはさすがに食べきれるだろうが、いまひとつ不安も残る。自分だけでは手に負えないので、頃合いを見てまた友だちにむりやり押しつけるか、大阪のおばちゃんみたいに、電車などで隣になった人たちに、

「アメちゃん、あげる」

と分けてあげなければ消費できないかもしれない。しかし大阪だと当たり前の行為でも、東京だと、

(いちおうもらってはおいたけど、知らないおばさんにもらったから、何が入っているかわからないし、食べないで捨てちゃおう)

となりそうな気がする。おばちゃんテロと間違われるのも困るのだ。

だからセット売りを買わなければよかったんだと後悔しつつ、

「でも見つからなかったんだもの」

と自分の行為を正当化しようとした。ところが先日、出先のそばに成城石井があ

り、いつも飲んでいるカフェインレス紅茶がなくなりかけていたのを思い出して店に入った。紅茶は見つかり店内を見ていたら、何とアンブロッソリー・キャンディーを売っていた。もちろん一袋ずつで、知らなかった他の種類もある。

（ここにあったのか……）

電車に乗れば十分程度の場所にあるので、欲しかったらここに買いに来ればいいのだとわかったが、一袋二百円程度のものを買うのに電車に乗るのも躊躇《ちゅうちょ》する。かといって歩いて買いに行ける距離ではない。ちょっとなあと思ったので、まずキャンディーがなくなり、そのうえでまだ欲しかったら、他に買う物があったときに買いに来ればいいのだと考えた。

仕事をしながら、一粒、二粒で満足してしまうことが徒《あだ》になり、なかなか在庫は減らない。私に最初に箱入りのキャンディーをくれた知り合いは、

「同じ飴だから変わりがないんじゃないの。これからのど飴のかわりにそれを使ったら」

という。そういう方法もあるかもしれないが、やはりのどには専門家が作ったのど飴という気もするし、彼女がいうように、飴だったら結局、何でも同じような気もする。のど飴の在庫が一本あるから、それがなくなったら、これにしようと思っ

たが、今の時期はそれほど乾燥しないので、のど飴の出番がなくなった。キャンディーにもちょっと飽きてきたので、両方とも出番がない。

やはり嚙んで食べるおやつを食べたいときがある。気温が上がっても冷たいおやつは食べないので、常温のものを探すと季節柄、柏餅などの和菓子が並び、どれもボリュームがある。そこでまた興味がわいてきたのが、「たべっ子どうぶつ」である。メーカーのサイトを見てみたら、私が買ったのはバター味だったが、他にもノンフライのスナックうすしお味とか、メープルバター味など、様々な種類があった。そのなかで「たべっ子どうぶつおやさい」は本気で食べたくなった。また別シリーズでは「たべっ子水族館」「たべっ子水族館ホワイト」があって、海の生き物が象《かたど》ってあり、それぞれチョコレートとホワイトチョコレートが、中にしみ込んでいるのだそうだ。

「うーん、これは魅力的だ」

近所のスーパーマーケットには、「たべっ子どうぶつバター味」しかなかった。しかしこの連休で、徒歩圏内のちょっと遠くのスーパーマーケットまで、足を延ばして探してみようと、楽しみが増えたのである。

14 玉ねぎとキャベツは面倒な野菜？

私はもともと料理が好きではないし、どちらかというと嫌いなほうだ。なので自分で作る料理はワンパターンである。きちんとした名前のある料理、たとえばハンバーグとか、ハヤシライスとか、そういったものはほとんど作らない。

「今日は青菜ときのこをオリーブオイルで炒めて上に松の実を散らしたのと、鮭の切り身を蒸したものにしようか」

などと、その日、家にあるものを適当に組み合わせる。同じ食事が続いても苦痛ではないので、飽きるまで作る場合もある。すべてそのときの気分である。

ワンパターンでも味噌汁にしても、煮物、焼き物にしても、食材が変われば味も変わるので、それでよしと考えている。といっても食べるのは私一人なので、自分がよければいいわけだが、家族がいる人は他の家族の要望や、子供に食べさせたい食材もあるだろうから、いつも同じというわけにはいかず、献立を考えなくてはならない。毎日、毎日、料理好きな人でない限り、本当に大変で面倒なことに違いない。

自営業でフルタイムで働き、お弁当を作り、週に一度だけ息抜きの外食をするという、料理好きの私の友人に、「どうして料理を作るのが好きになったのか」と聞いてみた。彼女の育った家は、お父さんが貿易会社に勤めていて、海外からの仕事相手を家に招いてもてなしていた。最初は彼らが来日した際には、有名な懐石料理、和食店などで会食していたのだが、回が重なるうちに、先方が、

「みんながふだん食べている日本食が食べたい」

といいはじめたので、家に招くようになった。いくらいつも食べているような食事でも、お母さん一人で、家族を含めて十人分の料理を作るのは大変なので、彼女は小学生の頃から手伝わされた。

「好きとか嫌いではなくて、有無をいわさずに、あれやってこれやってって指示されるから、その通りにやっていったの。そうすると何となく手順を覚えるでしょう。だから自然と身についたのかもしれない」

という。そして彼女が中学生の頃までそういった状態が続き、お父さんがその部署から離れてからは、家でも料理はしなくなったといっていた。

その後、結婚した際に、夫婦が住む住宅を購入したのだが、もともと料理を作る

のが大嫌いな義母と、個人事業主で息子に仕事を譲り、暇を持て余している義父が、毎日、新婚の家にやってきては御飯を食べていった。あまり夫婦仲がよくなかったので、二人、ばらばらに来るのである。当時彼女はまだ仕事をしていなかったため、義父母のために一日中、食事を作らなくてはならなくなった。

「子供が生まれるまでの三年間、それで揉まれ続けて、料理を作るのが苦にならなくなったのかもしれないわね。だって食べないと家に帰らないんだもの。義父は全然、食べ物にこだわりはないんだけど、義母は品数が多くないと嫌味をいうし、意地になって料理をしていたかもしれない」

彼女はそう笑っていたが、話を聞くと義母はちょっと変わった人で、恋愛結婚だった彼女に向かって、

「うちの息子と結婚したければ、和食器は源右衛門窯、洋食器は大倉陶園で揃えてこい」

といったとか。江戸時代の話でもあるまいし、私よりもずっと年下の彼女が結婚する時の話で、明治、大正、戦前の話でもなく、それも旧華族とかそれに類するお家柄でもないのに、そんな指定をしてきた。だいたいそういうお家柄の方々は、そんなことなどいわないはずなのだ。それを聞いた彼女のお母さんは憤慨して、

「よーし、わかった。きっちり揃えて支度してみせる」

と先方がいってきたとおりにしたら、何もいわなくなった。

その後、女の子が生まれ、夫が、

「子育てで大変だから、もう家に食べに来るのはやめて欲しい」

と両親に告げると、義母は、

「跡継ぎの長男が欲しかったのに、女の子でがっかりした。もう来ない」

といい捨てて、本当にそれ以来、二十年以上、孫の顔を一度も見に来ていないという。

「それもすごいわね」

私が驚いたら彼女は、

「そうなのよ。わけがわからないので、放ってあるの」

という。まあ内情はいろいろあるのだが、そういった口うるさい義母の御飯を作り続けて、今の料理を作るのが習慣になってしまった自分があるのだと彼女はいっていた。

「別に感謝はしてないけどね」

「そうよ、しなくていいわよ」

私が怒ると彼女は苦笑していた。

たしかにきっかけは何であっても、料理だけではないが、習慣づけは大切だ。朝、缶飲料やペットボトル飲料、それに菓子パンで済ませていたのが、菓子パンをやめてトーストにしただけでもワンランクアップである。市販のカップスープの素だってたくさんあるし、インスタント味噌汁だってある。それにレンチン御飯の一手間をするだけでも、缶飲料と菓子パンだけよりは、ずっとましだと思う。ペットボトル飲料と菓子パンに慣れてしまうと、それの楽さにどっぷり浸かってしまい、なかなかそこから抜け出られない。

「ちょっと、やってみるか」

のきっかけをどこにするかが問題だ。

いろいろと若い人から話を聞くと、やはり体調を崩してから食事を見直したという人が多かった。私も甘い物の食べ過ぎで体調を崩して、それが自分の食生活を見直すきっかけになった。特に問題がない毎日を送っていると、なかなか気がつかないものなのだ。

以前、麻雀を一緒にしていた若い男性が、

「花粉症がひどくて」

と悩んでいた。下を向くので、鼻水が出るのが辛いといっていた。それからしばらくして女性と知り合って同棲をはじめると、相手の女性がとても料理が上手で、これまで缶コーヒー、カップ麺、外食続きだったのが、彼が家にいるときは必ず料理を作って食べさせてくれるようになった。すると、花粉症の症状が出なくなったと喜んでいたと、共通の知り合いから聞いた。それだけ食事って大切なのだなと、この話を聞いたときにあらためて思った。花粉症の症状が出る原因が、すべて食の乱れではないだろうが、カロリーだけではなく栄養が摂取できるようになって、体がよい状態になっていったのだろう。

　若い男性で体のために自炊をしたいと考えている人がいて、

「どんなものを準備したらいいですか」

　と聞かれたことがある。そのとき私は、

「炊飯器と電子レンジがあるんだったら、包丁、まな板、蓋つきのフライパン、それに菜箸があれば、何とかなるんじゃないのかな。野菜は玉ねぎ、人参《にんじん》、キャベツと、あとは安くなっているものを買うとか。面倒くさかったらカット野菜もあるしね。それに肉、卵、納豆、味噌、醬油。大好きなマヨネーズがあれば、最低限は保証されるんじゃない」

と答えた。彼は自分なりに工夫をして自炊をし、結婚後も料理を続けて、働く妻のために御飯を作ったりもしているようだ。

先日、自炊をテーマにした本のなかの、著者と管理栄養士の対談を読んでいたら、自炊をしようとして、面倒くさくて手に余る野菜が、玉ねぎとキャベツとあって、びっくりしてしまった。なぜ玉ねぎが面倒くさいのかというと、あの外側の茶色い薄皮を取るのが面倒、キャベツは大きすぎるのでもて余すというのがその理由だった。

「玉ねぎの薄皮……」

ちょっとショックだった。あれを取るのが面倒といわれたら、もう何もいえない。薄皮と本体の間にすきまができれば剝きやすいわけで、私は水をちょっと流しながら剝いたり、薄皮をつけたまま上の部分をカットして、それを半分に切って剝いたりしていたが、調べてみたらそれはすべてインターネットにある情報だった。薄皮が剝きにくいというのだったら、どうすれば剝きやすくなるか、というところには頭が回らないらしい。誰かが親切に教えてくれているのに、それを得ようともしない。そういう人は玉ねぎの薄皮を大量に溜《た》めて、それで布を染めるなんて、信じられないだろう。

自炊をしようと考えたものの、玉ねぎの薄皮、キャベツ問題でうんざりしている人たちが、目の前にそれを解決できる情報がたくさんあるのに、それを知ろうとしないのはなぜだろう。知りさえすれば壁をひとつ越えられるのに、それをしようとしないのが不思議だ。公共放送の料理番組で、キャベツ炒めを紹介していたのにはびっくりしたが、これも現代では有効な情報なのかもしれない。インターネットでも有効な情報は溢れているから、それをうまく利用して自炊をしている人も多くいるはずなのだ。

私の周囲には料理好きの人が多く、料理を作るうえで有効な情報を与えてくれるのだが、知識として頭の中には入っていても、試した数は少ない。この本にも書いた、タコを低温調理で柔らかくするという、プロ並みの手順も、私にはほとんど必要性がないからである。でもそこまでしておいしい料理を作ろうとする人は、本当に立派だなと尊敬するのだ。

小学生の頃からの、実家でのもてなし料理の手伝いからはじまった、料理上手の知人は、食に敏感でレストランやおいしいものを教えてくれる。私はおいしいものを食べるのはうれしいし、幸せな気持ちになるけれども、食べ歩きには興味もないし、積極的においしい店を探す努力もしない。すべて周辺の食関係に興味のある人からの情報ばかりである。ある日、彼女が魚の味淋粕漬のおいしいものがあると教えてくれた。私は会食をしていて、出されれば食べるが、自分で作ったり買ったりするほどではない。彼女はお弁当にも入れていて、

「たまに食べるとおいしいわよ」

といっていたので、「鈴波」の特にお薦めの銀だらの味淋粕漬を買ってみた。いつも行くデパ地下に入っていたのを全然、知らなかった。個包装になっていて、一枚ずつ買えるのがありがたい。ただし値段が一〇八〇円なので、いつも買うというわけにはいかないが。切り身はガーゼに包まれていて手間がかからず、簡単に取り除くことができた。フライパンで焼いた久しぶりの味淋粕漬はとてもおいしく、やみつきになりそうだった。冷凍ができるとわかったが、買い置きしているとこればっかり食べて食生活が偏りそうだったので、必要なときのみ、買うようにした。

後日、銀だらがおいしかった話を彼女にすると、鈴波の親会社である大和屋守口漬総本家が出している、「チーズ味淋粕漬　はちみつレモン」をもらった。クリームチーズの漬物で、彼女は家に常備していて、ワインのお供に最高なのだという。私はチーズもアルコールも苦手なので、晩御飯の後、おずおずと食べてみたら、そのおいしさにびっくりした。酒粕が入っているので、食べた後にちょっとぼーっと

したが、チーズのこってりさが薄まり、レモン果汁のおかげでさわやかな風味になっていた。

これを店頭で見たとしても、私は絶対に買わなかっただろう。しかし料理上手、かつ積極的においしいものを求める友人によって、私の食生活も少しずつ広がっていく。料理好きの人は、おいしいもの全般に関して、積極的にトライしている。やっぱり料理好きの人というのはいいものだと、そのおこぼれに与《あずか》った私は、生まれてはじめて口にした味に、この歳になって感激したのだった。

15 友だちの家で食事を済ませる子供

先日、知人から、

「ちょっと困っていることがあって」

と相談された。彼女には小学生の息子がいるのだが、彼の友だちについての話だった。仮に友だちをRくんとすると、彼女の息子はRくんとは同じクラスではないが、仲よくなった。彼女はフルタイムで働いていて、日中、自分が不在のときに子供たちだけで家にいた場合、何か事故など問題が起こっても責任が取れないので、

「家に連れてくるのだったら、お母さんがいる土日にしてね」

といってあった。

それには息子も納得して、友だちは土日に遊びに来るようになったのだが、中学受験を控えて、みんな塾や学校の勉強で忙しくなり、彼女も息子に勉強をする習慣がつくように、あれこれ二人で考えながら、スケジュールを組み立てていた。今は受験をしてもしなくても、塾か習い事をしている子供がほとんどなので、みんなそ

れぞれ週末も忙しいし、またせっかく家族が揃うので、家族で外出する子供も多くなってきた。それで遊びにくる友だちも減ってきたのだが、そのRくんだけは、決まって毎週土日の昼の十二時前にやってきた。

これから昼御飯を食べようとしている時間帯なので、

「Rくんも食べる？」

と聞くと、いつも、

「いいえ、大丈夫です」

といちおうは断るのだが、彼をほったらかしにして食事をするわけにもいかないので、

「よかったら食べてね」

と取り分けてあげると、断ったのにもかかわらず、ものすごい勢いでむさぼるように食べるのだという。それが毎回なので、彼女もちょっと変だと思い、いろいろと彼の家について聞き取りをはじめた。

Rくんの家はシングルマザーで、母親は夜の仕事をしている。

「今、お母さんはどうしてるの」

と聞いたら、

「寝てる」

という。昼夜逆転の仕事なので昼間は寝ているらしい。食事については昼食は学校があるときは給食を食べるのでまだいいのだが、

「晩御飯はどうしているの」

とたずねたら、毎日、お金をもらっていて、それでカップ麺、カップ焼きそばを食べ、金額がちょっと多いときは、回転寿司を食べるのだという。

「一人で?」

「うん」

小学生の子供が、高学年とはいえ一人で回転寿司店で食事をしているのは、お腹はいっぱいになるかもしれないが、あまりいい状況ではない。彼女が見たところ、Rくんはいつもこざっぱりした服装をしていて、痩せてはいても手足に傷跡などもないので、彼女はその点はほっとしたのだが、彼の食生活を考えると、今後、そのままでいいのかと、母親の立場で心配になってきたというのだ。

後日、Rくんは彼女の家だけではなく、他にも息子と同じクラスの友だちの家を回って、同じようなことをしているとわかった。中学受験の予定はなく習い事もしていないので、下校後や土日は時間が余っているのだ。彼なりの知恵なのだろうが、

家に来るのは親がいて手作りの食事が食べられる時間帯に合わせているようだった。しかし彼女の家もそうだが、他の家もそれなりにいろいろと事情がある。いつもRくんが御飯時に現れ、そのたびに食事を食べさせていいのだろうか。第一、そのことに関して、彼の母親からは何もいってこないので不安になっていた。息子にもやっと勉強の習慣がついたのに、Rくんが遊びにくると勉強が疎《おろそ》かになって、二人で遊びたがる。彼女も土日が休みなので、自分のやりたいことがあるし、家族の予定を立てているときもある。そこへRくんが毎週末にやって来るので、最初は自分の予定を変更したりしていたのだが、このままずっとこの状態を続けていくのはいけないと考えていた。

あるとき、夕方になっても帰らない彼が、

「今晩、お泊まりしていい?」

と聞いたので、

「それはだめよ。お母さんの許可をもらっていないし、お泊まりの用意を何もしてないでしょう」

というと、ものすごい勢いで家に帰り、レジ袋に自分なりのお泊まりセットを入れて戻ってきて、それを見せたという。それでもRくんの母親と連絡が取れないの

に、勝手に子供を家に泊めるわけにはいかないので、

「それはできないの。今日はおうちに帰りなさい」

と説得して家に帰した。

そしてまた、毎週、土日の昼の十二時前にやって来るので、彼女は、うちの子供は受験をひかえてこれから勉強をしなくてはならないし、いつも御飯を作ってあげられるわけではないからと説明すると、彼は泣きながら走って帰っていったというのだった。

「その姿を見たら、胸が痛んで仕方がなかったです。息子にも僕の大事な友だちにひどいことをしたって大泣きされましたし。うちの子供はきちんと理由を説明したら納得してくれたんですけど。私もできればそんなことしたくなかったのですが、こちらの事情もあるし、Rくんにとってもよくないと思って……。彼はそのような環境に生まれたのだから、それを受け入れてそのなかで自分なりにがんばっていくしかないじゃないですか。いつまでも友だちの家で御飯を食べさせてもらったり、泊まらせてもらったりできるわけではないし。彼にもちゃんと考えてもらわないといけないなと思ったんです」

それはそうでしょうと、私は彼女の言葉に同意した。

そしてRくんが御飯を食べるために遊びに行っていた他の家のお母さんたちも困っていて、彼女と同じように、いつも御飯を作ってあげられるわけではないからと彼に話した。なかには家に上がるのに慣れてしまったのか、彼に勝手に室内の戸棚を開けられてしまう家もあったという。しかしお母さんたちは、彼にそういってしまった自分を責めていて、これからどうしたらいいのだろうかと電話で話し合ったというのだった。

私はそれを聞いて、

「もうお母さんたちだけでは解決できない問題だろうから、Rくんのクラスと、息子さんのクラスの担任の先生二人に、事情を話したほうがいいんじゃないのかしら。そして先生からRくんのお母さんに話してもらったらどうかな」

といった。Rくんの母親が状況を知っているのか知らないのかはわからないが、もしも知らなかったら、

「何をやってるの、恥ずかしい。お金をちゃんとあげてるのに」

と彼を叱りつけてしまいそうだ。とにかく彼の母親に現状を知ってもらって、先生と話し合ってもらうしかなさそうだった。

Rくんは特殊な子供ではなく、そういう子供はあちらこちらにいるような気がし

た。知人が住んでいるのは私と同じ区で、東京都のなかで平均年収が高い市区町村でベスト10に入っている。しかし彼のような子供がいるのだ。母親が働いているといっても、みんながみんな昼のお勤めとは限らない。想像するにRくんは、母親が寝ている間に、もらったお金で買った、菓子パンやカップ麺を食べて学校に行く。昼は給食を食べて学校から帰ると母親はすでに出勤して不在で、置いてあるお金で朝食と同じような晩御飯を買うか、回転寿司店で一人だけで食べる。しかし友だちの家に行ったところ、御飯を食べさせてくれた家が何軒かあったので、自分なりにローテーションを組んで、訪ねるようになったのだろう。毎週、土日に知人の家にやって来たり、泊まっていいかと聞いたりとなると、母親と一緒に過ごしている時間自体が、とても少ないのかもしれない。

私は家に帰ってから、Rくんと母親について、いろいろと考えた。私が子供の頃は友だちの家に泊まらせてもらうのが、どこかわくわくした記憶があり、彼も単純にそういう気持ちだったのか、それともお母さんには彼氏がいて、子供がそばにいると面倒なので、家に帰ってくるなといい渡されたのだろうかと、彼と母親の生活を想像していた。

以前、知人の息子の学校で、親が同意した同級生の家に泊まるというイベントがあったらしい。知人が伝え聞いた話によると、普通は泊まらせてもらう子供の親が、泊めてくれる家の親に対して、「お世話になります」などの挨拶があるのに、Rくんの母親からは何もなかった。もともと子供の行動に、興味がなさそうな人だったという。

いくら子供に興味がないといっても、親としての最低限の責任はある。たしかに虐待はなさそうだし、身なりもいい。そうさせているところが、今時の母親である。自分の子供が他の子に見劣りするような格好はさせたくないのだ。しかし外見ではわからない食事に関しては無関心。成長期の子供が、毎日、菓子パン、カップ麺、カップ焼きそば、回転寿司ではやはり問題がある。それなりにお腹はふくれるだろうが、Rくんが食事の時間を見計らって、友だちの家を回っているのは、家庭の御飯が食べたいのと、みんなと食べたいからではないのだろうか。

「最初にうちに来たときも、作ったのは焼きそばなんです。焼きそばなんてインスタントで食べ飽きているのではないかと思ったんですが、本当にむさぼるように食べていて、びっくりしました」

彼にとってはやはりカップ焼きそばより、同じ焼きそばでも友だちのお母さんが作ってくれたもののほうが、ずっとよかったのだろう。

その後、どうなったかは聞いていないが、現状を知ったRくんの母親は、どう思ったのだろうか。ただで食べさせてもらってラッキーと思うか、友だちの家で食べないように、息子に渡す金額を増やすか、金額はそのままで、絶対に友だちの家には行くなといい渡すか、それとも少しは息子のために、料理を作るようになるか。それはわからない。他人が、

「あなたはこうしなさい」

と指示できるものでもないし、親子の間で考えてもらうしかない。

最近は家で食事ができない子供たちのために、こども食堂があちらこちらに作られているが、そういう場所が近くにあったらいいのにと思う。最初、ニュースでこども食堂を知ったとき、レアケースのような気がしていたが、実はそうではないのだと、今回の話でよくわかった。こういっては申し訳ないが、昔は食事が食べられない人たちは、外から見ても何となくわかったものだった。しかし今は身なりはいいけれど、実は貧困などの様々な問題を抱えている子供がいる。外見だけでは判断しづらくなってきたのだ。

Rくんの母親は、家にいるときはずっと寝ているらしいので、疲れているのだろう。そういう人に、子供のために料理を作れというのも酷な気がするし、そうなる

とRくんが自分で作るしかない。小学校高学年ならば、御飯はレンチンで済ませても、味噌汁を作るくらいはできるだろう。私としては、できれば自炊の方向に持っていければ、彼にとっていちばんいいと考えているのだが、今後、どうなるかはわからない。外から見てわからない、食べられない子供たちが、みんなと満足できる食事が食べられるように、気軽に利用できるこども食堂の数を増やし、運営している団体に対しても、行政は予算を割いてもらいたいと願うばかりである。

16 実家の味、自分の味

私がよく行く、大きめのスーパーマーケットでは、同じ品物なのに複数の産地のものを置いている場合がある。たとえば私がいつも購入する小松菜については、東京、群馬、京都、島根、福岡など、五か所の産地のものが置いてある。ふだん使う頻度の高い野菜に、そのような傾向があり、どうしてそんなに必要なのかと、いつも不思議に思っている。

あるときその店で、マイバッグを肩から下げた、大学生風の若い男性が半分にカットされたキャベツを手にしたまま、ずーっと考えていた。どうしたのかと見ていたら、それを元の場所に戻すと、今度はその向かいの平台に積んである、同じようにカットされたキャベツを手にし、そこでまたじーっと考えている。するとまたそれを置いてさっきの場所に戻り、再びキャベツを手に取っている。通路を挟んだキャベツ売り場を、何往復もしているのだった。

彼の手にしたカゴには、パスタ、ほうれん草、玉ねぎ、にんにく、トマト、卵、チーズ、冷凍エビ、カットフルーツのパックなどが入っていて、自炊をしていることがうかがえた。しかしあのキャベツに対する真剣さは何なのだろうかと、気になって仕方がなかった。そんな彼を私がいつまでもじーっと見ているのも変なので、必要な食材をカゴに入れつつ、（どうしたのかな、何を考えているのかな）と彼の様子をうかがっていた。できればとっても社交的なおばちゃんがやってきて、

「ちょっと、お兄さん、どうしたの？　何か困ってるの？」

と彼に声をかけないかしらと期待したが、そういう人は現れなかった。残念ながら私は「なぜ？」という気持ちを抱えたまま、店を出たのだった。

それらのキャベツは産地は違っていたが、価格的にはそんなに変わらなかったはずだ、それをあんなに悩むなんて、よほど彼のなかで迷う何かがあったのだろう。価格の差の十円、二十円が大事だったのか。鮮度に差があったのか、私が現物を比較していないのでわからないが、食材を買うのにあんなにまじめな顔をしているところを見ると、まじめすぎるくらいに料理を作っている印象だった。

昨日、録画したままになっていたテレビ番組を観ていたら、そのなかにEテレの「#ジューダイ」という番組があった。特集が、「ひとり暮らしをはじめる君へ　食生活応援編」だったので、録画しておいたのだ。実家を出た若者が自炊をするため

のアドバイスが中心になっていて、二〇一八年に事故で急逝された辰巳渚さんの、二〇一九年に発売された著作、『あなたがひとりで生きていく時に知っておいてほしいこと』がベースになっていて、内容が一部ドラマ仕立てになっていた。

ＭＣはヒャダインとぺえのお二人。番組内のドラマに出演した俳優・モデルの高橋文哉、タレントの大原優乃《ゆうの》の若者二人も出演していた。彼は今年、彼女は二〇一八年に高校を卒業したという。他にも彼らと同年輩の一般の女性三人、男性二人が収録に参加していた。

ひとり暮らしをすると、家で母親がどうやって料理を作ってくれていたかがよくわかるという意見があったり、おふくろの味についてはお弁当に入っていた卵焼きの話になり、

「うちのは甘め」

「うちのは辛《から》めで中にネギが入っていた」

などと、盛り上がっていた。

ぺえはひとり暮らしをはじめたときは、気分が盛り上がっていて自炊をしていたが、今はやっていないといっていた。鹿児島出身の大原優乃は、東京の味付けがしよっぱいと感じ、地元の味付けが恋しいので、テレビ電話で母親に教えてもらいな

がら、料理を作っているという。ふだん作っている料理の画像が紹介されたが、

「これはひとり暮らしの女の子が作った食事なのか」

とびっくりするくらい充実していた。彼女はテレビ局ではお弁当が出るので、味噌汁だけ作って持っていくともいっていた。

スタジオにいた一般の女の子たちからは、自炊をするときに困るのは、野菜を余らせてしまったり、一人分のおかずは作りにくいという話も出た。それを聞いて、そのときに食べる用と保存用の、二人分を作るといった女の子もいた。自炊をする人は自分なりにあれこれ考えているようだった。

辰巳渚さんの本では、たとえば夜に二合の米を炊いて夜の分を食べ、残りを保温して翌朝、一杯分ずつ小分けにして冷凍しておくのを勧めていた。またあると便利な食材として、卵、ハム、きゅうり、トマト、レタス、キャベツ、日持ちする玉ねぎ、じゃがいも、人参《にんじん》、などが挙げられていた。レタス、キャベツ、きゅうり、トマトはそのままサラダとして食べられるので、便利。その他、乾麺、海苔、乾燥わかめ、バター、ソーセージなども挙げられていた。生鮮品の肉や魚は衛生面の問題もあるし、下処理なども面倒なので、過剰に味付けをする必要がない、ハムやソーセージを活用するのだろう。たしかに豚肉を買うよりは、そちらのほうが日持ちも

するし、アレンジがきくのかもしれない。

なるほどと観ていたら、高橋文哉が、多くのひとり暮らしの若者が住んでいる部屋は一口コンロしかないと思うのでと、それひとつでできるパスタ料理を紹介していた。ポイントはパスタをゆでている鍋を早めにおろし、余熱で火を通すこと。その間にフライパンで具材を炒め、パスタと合体させていた。ずいぶん手際がいいなと調べてみたら、彼は高校の調理科を卒業していて、インターネットサイトで料理の連載を持っているほどだった。

辰巳さんの二十歳の息子さんは地方の大学に通っていて、ひとり暮らしをしているのだが、彼は、母が作った自分の大好きな料理と同じものが作れるのがうれしいといっていた。彼は子供のときから、大根と鶏団子の煮物が大好きで、おかずがそれだとてもうれしかったという。母親が亡くなっても、その味は受け継がれているのである。また大原優乃はどうしても母親が作った味にはならないといっていたが、彼女が実家の味を受け継ごうとしている気持ちには変わりはないのだ。

子供の頃に好きだったおかずが作れるというのはすごい。私はもともと料理の才能はなく、ただ毎日、似たようなものを自炊しているだけなので、料理のプロだった母が作った料理はまったく再現できない。絶対に無理といいきれる。それでも母が何十年にもわたって作っていたレシピノートが欲しくて、実家に連絡したら、弟が勝手に母の所有品を処分していて本当に腹立たしかった。母の料理を再現するためのマニュアルがなくなり、ますますお手上げ状態になったので、自分がよいと思ったものを作るしかなくなった。母が作ってくれたおかずと同じものは作るけれど、それは母の味ではない。

番組には自炊に興味のある若者だけが集められているのだろうから、出来合いのお惣菜《そうざい》とコンビニ弁当だけで育ったという若者は登場しないけれど、現実にはそういう若者も少なくないはずなのだ。母親が作った料理がおいしくないと感じていた人もいるだろう。実家の味ではなく店の味で育ったとしても、ひとり暮らしをして自分で料理を作ろうとする若者もいるはずだし、実家の味を懐かしく覚えていても、作るのが面倒くさいので、ひとり暮らしをしたらすべて外食、中食で済ませてしまう若者もいるかもしれない。親のほうも、へたに自分で作られると、実家に帰ってくれないから、

「あのおかずが食べたい」

といってくれたほうがうれしいし、料理を作って子供が来るのを待つ楽しみもあるだろう。子供はいつか自分のところから手放さなければならないのだけれど、い

ざそうなったら寂しいという気持ちが親にはあるのではないか。ずっと自分たちに甘えて欲しいという親心もありそうな気がする。育った環境が違っても、ひとり暮らしは自分で自分の生活を調えるという意味なので、当人の心構えの問題だろう。

実家の味というと、「女性だけに料理を作ることを強いる」とか「ロールモデルとなる母親像を作り上げている」と文句をいう人もいる。もちろん父親や、お祖母さんが食事を作ってくれた家で育った人たちもいるだろう。誰が作ってもいいのである。そういうことと、家事を女性に押しつけるのとは、問題が違うと私は思っている。

料理を作らない母親に関しては、作らない人たちの様々な話を読んだり聞いたりした。いちばん多かったのは、会社から疲れて帰ってきて、家族のためにとがんばって作ったのに、「まずい」といわれてやる気をなくしたという話だったような気がする。家族に「おいしい」といわれているのに、作るのをやめたという人は聞いたことがない。

料理を作ったのに、家族にまずいといわれたら、それは腹が立つだろう。私が同じ立場だったら激怒しそうだ。しかしそれでも子供のためには、歯を食いしばってでも、料理は作ったほうがよいと思う。お互いに嫌な気分のまま、食卓を囲みたくない気持ちはわかるが、それを回避する術《すべ》は、出来合いのお惣菜や外食しかなかったのだろうか。家族の精神的な安定のためといいつつ、私はそれは逃げではないかと感じる。昭和の「なにくそ」根性は今はもうないのだろう。

録画を観た後、辰巳渚さんの本を買って読んでみた。番組では料理の部分がクローズアップされていたが、料理にページが多く割かれているものの、お金の使い方、洗濯の仕方、部屋の整え方、近所付き合いの仕方など、一人の人間として自立するための方法が書いてあった。コンビニでの食品の選び方もあり、自炊が使命になったり、生活が窮屈になったりしないような工夫もあった。これ一冊あればひとり暮らしに関しては大丈夫ではないかといいたくなる、充実した本だった。

昔は家を離れる子供に対して、親が生活すべてではないにしろ、何らかの知恵を授けたりしたものだ。しかし現代はそんなこともなく、子に伝えるものを持たない親も多くなった。辰巳さんの本のおかげで、そういった子供たちは、この本を親代わりとして学ぶわけだが、今は親が子離れできていないし、子供も都合のいいときだけ親離れしようとするので、お互いに自立しているかというとそうではない。自炊の腕を上げるよりも、食べさせてと家に戻ってくる子供のほうがかわいいとか、何でも困ったら親を頼って欲しいとか、自立をうながすというよりも、お互いに都合のいい関係を保とうとしているようにしか見えない。しかしこの本にはその馴れ合いみたいなものがなく、自分で責任を持ち、子供が一人の人間として生きていけるようにする、強い意志が根底に見られるのがとてもよかった。

私は食は生活の基本だと思っているので、すべて外食には頼れない。ただ、これから年を重ねて、ふらっと立ち寄れるような理想的な店があるといいなとは思う。昔、どこの町内にもあったシンプルな定食屋で、メニューも日替わり定食、魚定食、肉定食くらい。厨房《ちゅうぼう》でどんな人が作っているのかがわかる店だ。そんなごく普通の店は次々につぶれてしまい、探してみたら意外にも、会社員が昼食を食べに来る都心部には残っているようだ。外食チェーンの本社から料理がレトルトパックに詰められ、客のオーダーが入るとそれを電子レンジで温めて出すような、誰が作っても同じ味になる店には絶対に行きたくない。しかしそういう店のほうが、はずれがなくていつ食べてもおいしいという人もいて、世の中には本当にいろいろな考えの人がいるなあと、しみじみ思うのだった。

17 料理上手のレシピ

毎日、食事を作っていると、もともと料理好きでないこともあるのと、同じものが続いても平気なので、よほど自分で、

「飽きた」

と感じないと、新たにレシピを開拓しようとしない。たとえば基本の野菜炒めがあったとすると、肉の種類や野菜を多少替えたとしても、それほど変化はない。そうなるとどうしてもおかずのバリエーションが少なくなってくるのだ。

私の外食といったら会食でのランチなので、おいしくいただいても、とても私の腕では再現できるような料理ではない。となると、料理上手の知り合いのお宅に招いていただいたときにご馳走になる家庭料理が、いちばんの参考になる。毎年、豪華なおせちを作っている、子供がいない夫婦二人暮らしの友だちのお宅に伺ったときは、手土産を、当時評判になっていたウエハースと、塩昆布、というわけのわからない組み合わせで持って行った。ウエハースを持って行こうと決めてデパ地下に

行ったのだが、歩いているうちに、その塩昆布があまりにおいしそうだったので、私の分と彼女の分を一緒に買ってしまったのだった。カブを薄切りにして塩昆布を適量混ぜ、あればゆずなどを散らして冷蔵庫に入れておくと、ちょっとした箸休めになるので、便利に使っていたからだった。

その日はボンゴレビアンコをご馳走になった。キッチンがアイランド型ではないため、私がぼーっと食卓の前に座って待っているのも変なので、彼女と一緒にキッチンの中にいて、何も手伝わないけれど、あれこれ雑談をしながら過ごしていた。もちろん話しながらも、作る手順を確認するのは忘れなかった。

私はふだんパスタはほとんど食べないのだけれど、彼女が作る手順が私と変わらなかったのでほっとした。違うのは、私はアルコールがだめなので、アサリに火を通すフライパンに白ワインを入れないくらいだろうか。もしかしたらこれが劇的に違うポイントなのかもしれないけれど、このために白ワインを一本買うのもためらわれるので、いまだになしで済ませている。

パスタも出来上がり、前菜としてトマト、バジル、モッツァレラチーズのカプレーゼが並べられた。

「簡単でごめんんね。私がふだんお昼に食べているもので」

彼女はそういったが、きちんとしたそれでいて気取りのないランチで、私は恐縮してしまった。こういうことが気軽にできる人は本当にうらやましい。見習いたいものである。私はうちに来客があった場合、お茶は出すが食事は出さないと決めて、食器等を処分してしまったので、やりたくてもやれないのだが、もしかしたらこれから気が変わるかもしれない。

彼女は三姉妹で、毎日、三人で手分けをしてお母さんと一緒に料理を作っていたという。就職してからは忙しくて外食が多くなったが、結婚した相手が食通で、

「彼の影響で、家で料理を作らざるを得なくなった」

とはいっていたが、夫に、

「何が食べたい?」

と聞き、「カツ丼」「オムライス」といわれて、

「はい、どうぞ」

と相手が満足できるものを出せるなんて、なかなかできない。その際も、彼と食べたいものが違う場合は、自分の食べたいものを別に作る。面倒だからと食べたくないものを無理して食べない。他人が作ってくれるのなら待っていればいいが、自分の分を作るとまた手間がかかるのに、それを惜しまない。それも料理が上手にな

る道なのだろう。

そして彼女はインターネットのレシピサイトは一切、参考にしないといっていた。夫と二人で外食したときに、すべて直接、プロからコツを聞くのだそうだ。プロには主婦の料理とは違って、必ず一手間加える何かがあり、聞くとみんな親切に教えてくれるといっていた。彼女の料理は、いわゆる時短でも手抜きでもなく、それよりもうちょっと高いレベルの、プロのテクニック寄りになっているのだろう。

もう一人の料理上手の友人については、この本にも、どのようにして彼女が料理上手になったかの過程を書いた。彼女は来客が多い家に育ち、お母さんが作る料理を手伝っていたのと、結婚して義理の両親の食事を作るようになり、毎日、楽しく料理を作っていたわけではないだろうが、それが今、彼女の身についているわけである。彼女の作る料理がひと味違うので、どうしてだろうと作り方を聞いたら、やはり必ず一手間をかけている。時短料理がはやっているが、やはり手間をかけると味が違うのだなあと思った。きっと彼女のお母さんの料理の作り方は、今の料理法に比べて昔風の一手間かけた手順だったので、それが身についているのだろう。

かといってすべての料理にそうしているわけではなく、手間をはぶいたものとそうでないものの味を比べて、市販のものを使っても問題ないとなると、それを買って使い、おいしくないと判断したものは、一手間かけている。出汁《だし》も料理によっては市販の化学調味料、保存料無添加のパック入りのものを使うが、麻婆豆腐や回鍋肉《ホイコーロー》などは、市販の料理の素を使わずに、甜麺醬《テンメンジャン》、豆板醬《トウバンジャン》、花椒《ホワジャオ》、紹興酒などを使うという。それもそれぞれの家庭の家族の舌で選べばいい。

「フルタイムで働いているから、料理の全部を一から作るなんて、無理だもの」

そう彼女はいうけれど、そのメリハリを付けられるのは、若い頃から料理の数をこなしてきたからだろう。家庭料理にはその家なりの味付けがある。しかし自分にとっては濃いめだったり薄めだったりするけれど、彼女の味付けは私好みの、薄味だがきちんと味があるものだった。理由を聞いたら、

「とにかく出汁が大事だから。だからうちでは醬油をあまり使わない」

といっていた。私はきちんと作られた醬油があれば、味付けは何とかなると考えていたので、自分なりに選んだ古式製法の醬油を使っていたが、それを聞いてから出汁を濃いめにして、醬油を使うのを控えめにしたら、味もいいし体調がよくなったような気がしてきた。これまであまりに醬油に頼りすぎていたのかもしれない。

そして先日、初対面の彼女の友だちのZさん宅でお昼御飯をご馳走していただく機会に恵まれた。Zさんは今年の五月の十連休に、友人の力を借りて家の中の不要

なものを整理した。市販のいちばん大きなゴミ袋に五十袋以上もあったという。Zさん一家が日本で使っていた家財道具をすべて処分して海外に赴任していたとき、両親から、日本に帰ってきたときにすぐに住める家がないと困るから、自分たちとあなたたちが住む家を建てようと思うけれどもどうかと聞かれた。帰ったときに家があるととりあえずは安心できるので、Zさん夫婦は申し出を承諾した。

帰国して同居をすると、両親が狭いといって、同じ敷地の中に自分たちの家を建てて、そちらに引っ越してしまった。しかし彼らが使っていた家具、所持品はいらないといってすべて置いていった。両親は長い間、海外で生活していて、来客をもてなすために、たくさんの洋食器を持っていた。それらを収納し飾るための木製の重厚な家具が数点も残された。Zさん自身もたびたび海外出張があるので、整理できる状況になく、何の愛着もなく置いていかれた物に、二十数年間、ずっと囲まれて過ごしていたという。

Zさんは着物については一切わからないので、お母さんが置いていった桐箪笥の中の着物を私に見て欲しいというのだった。午前中から来てもらうので、簡単なものしか作れないけれど昼食を食べていってもらえればうれしいといわれ、私は着物が見られるなんてと、大喜びで出かけた。

お宅は豪邸だった。二階のキッチンの調理台の上の収納棚には、ジノリ、ヘレンドの食器やティーセットが、ぎっちりと詰め込まれていた。何十人分かわからないが、あんな大きなティーセットやティーポットははじめて見た。マイセンは食品庫に置かれていた。この三畳ほどの食品庫の中に二十数年放置されていた桐簞笥を開けようとしたのは、娘さんが着物に興味を持ち、着たいといったからなのだそうだ。私はZさんが料理を作ってくださっている間、友人と娘さんと一緒に仕分けをはじめた。

仕分けは午前中に終わり、食卓に料理が並べられていた。御飯ものは鮮魚店の海鮮巻き鮨、太巻き、いなり寿司がひとつのお皿に盛られ、人参《にんじん》しりしり、和風コールスロー、無限ピーマンは八つに仕切りのある濃い赤色のお皿、インゲンと玉ねぎの豚肉巻きはお皿と同色、同素材の小さなボウルに入れられていた。野菜類が盛られていたお皿はあまり見たことがないタイプだったので、どういうものかと聞いたら、赴任先で購入したフォンデュ用のセットと教えてもらった。

娘さんからは、若い女性の「タピオカ中毒」の話を聞いた。私は中華料理のデザートに出てきた、白いココナッツミルクがかかった、透明の小さな粒のものしか知らない。しかし最近人気があるのは、薄茶色の液体に浸かった、黒い大きな粒である。それを太いストローで吸っている。あれは本当にタピオカなのかとたずねたら、タピオカ自体に黒砂糖で味をつけているので、黒くなっているのだとZさんと娘さんが教えてくれた。

「そのうえミルクティーも甘いんですよ」

「えっ、それじゃあ、甘い液体の中に甘い粒が入っているんですか」

「そうなんです」

娘さんの周囲の若い女性のなかにもタピオカ好きがいて、人気のある店を二軒、三軒とまわるのだそうだ。しかしタピオカはスイーツとはいえ、もともとは芋なので、お腹がふくらんでくる。そうなると御飯が入らなくなる。しかし御飯やパンは食べられなくても、つるつる入ってくるタピオカだったら口に入れられる状態になってしまうらしい。それらにカロリーはあるかもしれないが、ミネラル類はいったいどうなっているのだろうかと心配になってきた。

そんな話をしながら食べた料理はどれもとてもおいしかった。人参しりしりは人参のほかに卵のみ。和風コールスローは、キャベツを千切りするのが大変なので、市販の千切りのものを使い、ひじき、人参、ハムが入っていて、マヨネーズ、出汁の素、ポン酢などで味付け。無限ピーマンは胡麻油で炒め、めんつゆで味付けをし、おかかと和《あ》えてあった。インゲンと玉ねぎの豚肉巻きは、インゲンを肉の幅に合わせて切り、薄切りにした玉ねぎと一緒に豚肉で巻いて、みりんと醬油で煮る。時間がかかって、思うようにきれいに細くできないキャベツの千切りに、市販品を使うのもありだなとうなずいた。

どれも長時間かかる料理ではないが、こういった献立でもいいのだと勉強になった。私は不精なので、なるべく最少の手間で十分な栄養を摂ろうとするので、これらの材料が目の前に並べられたら、全部煮るか、炒めてしまうかもしれない。しかしそのような、よくいえば手間なしの栄養効率のいい一品、悪くいえばごった炒め、ごった煮のようなものでいいのかと、最近、疑いはじめた。御飯とひと皿と汁ものではなく、ちゃんとトレイの上で、ひとつの食事のたたずまいを調えたいと思うようになった。一汁一菜から「菜」の数を増やそうと思いはじめたので、こういった料理はとても役に立った。もしかしたら私はこの年齢になってやっと、料理上手に近付こうと意識が変わってきたのかもしれない。

18　子供の食に無頓着な親たち

小学一年生は夏休みが終わった後、九月に体重測定をするらしい。これは小学校の先生をしている友人がいる知人から聞いた。自分がどうだったかは記憶がない。一部の小学校だけかもしれないが、夏休みが終わり、入学したばかりの児童たちの体調管理をチェックするのは、とてもいいことだ。

ところが今年、一年生のほとんどの児童の体重が減っていた。十年ほど前にもその先生は一年生の担任になったが、そんな大人数の体重が減少した経験がなかったのでびっくりしたという。それが自分の勤務している小学校だけかと、隣の地域で同じ一年生の担任をしている先生に聞いたら、やはり体重が減少している児童が多かったという。

この話を教えてくれた知人は、

「夏休みが終わって、子供の体重が減るなんて信じられない」

と驚いていたが、私もそれと同じ気持ちだった。だいたい小学一年生の夏休みなんで、遊んで食べて昼寝してまた遊んで食べての繰り返しで、夏休みの終わりが近づくと、しぶしぶ宿題の絵日記を描きはじめるといった具合だった。学校がはじまると日焼けして太って登校するのが当たり前だった気がする。

以前にも収入の高低とは関係なく、家庭での食事の貧しさから、給食を食べられない時期になると小学生の体重が減り、明らかにやる気が失せるという話は聞いていたが、それが広がっているような気がした。たしかに猛暑続きで、食欲がないという人が多いのはわかるが、それは冷たいものの食べ過ぎからくるのではと思う。

昔の親は、子供が冷たいものを食べるのを制限していたが、

「あんな小さな子に、アイスクリーム一個を食べさせたらだめでしょう」

といいたくなるような光景を何度も見た。親自身が一個食べたいのと、子供に嫌われたくないので、半分にしておきなさいとはいえないのだろう。親が我慢できないのだ。

クーラーが普及していなかった昔と違い、今のように冷房が利いたなかで冷たいものを食べるのは、相当、体が冷えてしまうはずなのだ。熱中症予防のためにある程度、体を冷やすのは必要かもしれないが、内臓を過度に冷やし続けたらダメージを受けるに決まっている。親が子供の体に無頓着なのだ。

また親自身に食欲がないので、特に子供のためにおかずを作らず、さっぱりしたそうめんだけを作り続けた結果、子供に栄養が行き渡らなかったとも考えられる。給食が食べられるようになれば、また体重も戻ってくるのだろうが、知人は、

「今の子供たちにとって、給食は命綱になっているのよね」

とため息をついていた。


実は一年生に給食を食べさせるのは大変なのだそうだ。保育所に通っていた子供や家庭できちんと食育をされていた子は、そこで提供される御飯を食べる。子供ははじめて見たものは食べようとしない場合が多いので、保育所ではローテーションを組んで同じ食事を何回も提供し、子供たちが、「これは見たことがある、食べたことがある」と感じるようにするという。


すべての幼稚園がそうではないだろうが、持ってきたお弁当を残さないように、

「食べきれるものにしてください」

とお達しがあるらしい。そうなるとほとんどの子供の弁当箱の中に入っているのは、いつも子供が好きなおにぎりと唐揚げがメインになってしまう。家で様々な食べ物を食べさせていないと、子供たちは新しい食べ物を食する機会がほとんどなくなると、知人が教えてくれた。たとえば幼稚園に通っていても、家で様々な物が食

べられる訓練をしていると問題はないのだが、好きなものばかりを食べさせていた場合、いくら先生が、

「これはおいしいよ」

と勧めても、よほど惹かれるものがなかったら、子供は口にしないのだ。

知人は将来、保育所の開設を考えていて、現代の子供たちの食事情がひどいのをふだんから嘆いていた。データを取りたいと、小学生の子供がいる親と話す機会があると、必ず、

「ふだん、どんなものを食べているの」

と聞くようにしていた。

「でも、年々、改善されるどころか、悲惨な状況になっている」

というのだ。

あるときフルタイムで働く母親にたずねたら、

「ちゃんと作ってますよ」

といった。

「それは偉いわね、どんなものを作るの」

とたずねると、それがレトルトのカレーだったりパスタだったり、カップ麺だっ

たりする。そういった親にとってはレンジでチンしたり、お湯を注ぐのが、立派な料理という感覚なのだ。そこで彼女が、

「それは料理じゃないでしょ。どんなものを作るの?」

と聞くと、ぽかんとして話が続かない。こんなやりとりは何年も前からずーっと続いていて、知人は、

「今年こそ改善されているのでは」

と期待して聞くのだが、毎年同じ答えが繰り返されている。

「それじゃ、お子さんがどんなものを食べているか教えてくれる?」

すると親は、朝食は菓子パンと牛乳とバナナ。昼は給食。おやつはお金を置いておくので、塾に行く前に好きなものを買って食べている。夜はデパ地下か、時間が間に合わなかったらコンビニで買って帰る。自分も子供も肉類が好きなので、ハンバーグや中華料理が多く、和食の煮物などは買わない。そしてお風呂から上がったら、一年中、親も子も寝る前にアイスクリームを食べるのが日課なのだそうだ。休みの日は昼はファミリーレストラン、夜は回転寿司か焼き肉を食べに行く。

「はあ〜」

彼女が脱力していると、今度は母親のほうがきょとんとしている。何とか話をつ

なげようと、

「御飯は炊いているのよね」

と念のためにたずねても、

「いいえ、パックのものを買ってきて、レンジでチンしてます。炊飯器の内釜を洗うのも、結構、面倒くさいんですよね」

という答えが返ってくるのだった。

知人が、明らかに野菜が少ないこと、小学校の低学年の頃から糖分、塩分、油分の多い食事を食べさせるのは、たまにはいいけれど、日常的にはよくないのではと話すと、母親は怒りだし、

「私はちゃんとやってますっ」

と目をつりあげていい放った。知人は心の中で、ひえ〜と叫びながら、とりあえずは母親の話を聞いた。

「自分は子供を育てながら、フルタイムで働いて、仕事も子育てもちゃんとやっている。子供をいい学校に通わせるためには教育費がかかるので、私は仕事をしなくてはならない。子供に食事を食べさせていないわけではないのだから、惣菜《そうざい》やレトルトを使って何が悪いのか。あなたがいうような料理を作っている母親なんていな

い。私がやっているのはごく普通のことだ」

と反論してきた。そこで知人が、

「でもお子さんの咳が止まらないって、いつもいっているわよね。それって食べている物も影響しているとは考えない?」

と聞くと、

「さあ、どうでしょうか」

と首を傾《かし》げた。

「あなたが子供に食べさせている内容を聞くと、明らかに栄養が偏っているような気がするの。お子さんが勉強する気にならなくて困るともいっていたけど、体調が整っていないと倦怠感が増して、勉強する気にもならないんじゃないかしら。いくら勉強しなさいって怒っても、お子さんにしたら栄養不足で、それに対応できる体力がついてないんじゃないかしら。晩御飯は豚汁と御飯だけでもいいんだから、それを作ってみたらどう? 帰ってお湯を沸かしてなるべくたくさんの種類のカット野菜と豚肉を入れて、肉を入れたから出汁《だし》はいらないし煮えたら味噌を入れればいいだけだから。御飯はレンチンでいいわけだし」

するとと今度は、

「御飯を作ると、食器や調理道具を洗ったりしなくちゃならないから、後始末が面倒くさいんですよ。とにかく私のやってることは普通なんです。だからあれこれ文句をいわないでくださいっ」

と怒ったまま帰ってしまった。

知人は苦笑しながら、

「そういう人って普通なの？」

と私にたずねた。私の周囲の働く母親たちは、もちろんお惣菜もたまには買い、外食もしているけれど、できるだけ親のどちらかが作るように努力をしていた。時短料理を調べて夫にも協力を求めて家事を分担しているように見えた。なかには、子供が一人のときは希望した部署で働いていたが、二人目が生まれた後は、子供のために時間が割けるような部署に異動願いを出して、子供たちと接する時間を多くした人もいた。

「その怒った母親は、そういった異動願いが出せないような職場なんでしょうか。母親が家に帰っても、疲れすぎて子供の食事も作れないような労働環境がよくないんですよ。でも自分は悪くないといい張る態度からすると、もとからやりたくないんでしょう。そのような母親がいてもいいので、『私は料理が大嫌いなので、子供のためにといわれても作りません』と堂々といえばいいと思うんですけどね。自分でもよくないとは、うすうすわかっているんじゃないでしょうか。いい学校に入れたいとか、そのために働かなくちゃならないとか、どこか問題をすり替えているような気もするし。だいたい同じような環境で働いている人のなかにだって、子供のためにできるだけ御飯を作ろうと、努力している人もいるはずですよ。ひとり親でも子供のために御飯を作っている人はたくさんいるでしょうし。彼女が普通というわけじゃないと思いますけどね。自分がいちばんかわいくて、子供のためにでも、我慢するのはいやなんじゃないですか」

そう私はいった。よく自分の言動を正当化するために、

「みんなもやってる」

という人がいるが、みんなってどれくらいの人数？　と聞くと返事ができない。小中学生みたいな幼稚な発想なのだ。

「そういう人は聞く耳を持たないのだから、放っておくしかないですね。反省するような事柄が起こらないとわからないでしょう。子供はとてもかわいそうだけど」

知人は心優しい人なので、子供の体調を思いやって胸を痛めていた。そして母親の、自分はちゃんとやっているという考え方が、食事を与えないという虐待レベル

との比較なのが嘆かわしいといっていた。自分の行動を、子供に対する最悪の犯罪と比較するのは、どう考えても変だ。料理を作りたくない人のなかでいちばん問題なのが、経済的な理由でお惣菜も買えず、外食もできない親たちだそうだ。子供に食事を与える手段が、自分たちが作るしかないのが苦痛だという。しかしそれは我慢して作るしかない。小学校の四年生くらいになったら、子供にも手伝ってもらえばよい。長い人生の十年くらい、子供のために我慢できないのだろうか。料理を作らない日はあっても、スマホを見ない日はないだろう。その時間のうち、十五分だけでも子供のために使ってくれたらと思う。

19 おいしい出汁をとるために

いつもは自炊の私だが、先日友だち二人と、その娘さんと四人で、久しぶりに懐石料理を食べに行った。母が元気な頃は、午前中からその料理店の近くで着物や帯を何点も買わされ、その後は店に移動して昼食を奢《おご》らされるというのが一連の流れになっていた。だいたい月に一度、ひどいときには二週間に一度、同じルートを巡らされるので、

「お姉ちゃん、またあそこに行ってみない?」

と明るい声で電話がかかってくると、

(ああ、またあのコースか……)

と戦々恐々としたものだった。

そんな母も老人施設に入所して、恐ろしい和装、和食巡礼もなくなった。懐石料理はランチ向きにアレンジしてあるものはともかく、いくらおいしくても一人で食べるものではない。四年ほど前、地方の部署に異動になる元担当の女性が、その店

を予約してくれて、彼女の上司と共に食べたのが最後だった。

今回は、友だち二人にはいろいろとお世話になったので、その御礼として久しぶりにその店にお付き合いいただいたのだが、席の予約をするには価格的に高中低のコースのなかから、中以上の価格のものを注文しなければならなかった。当日は休日で、せっかくお誘いしたのにスムーズに店に入れないと申し訳ないので、価格と内容を吟味した結果、松茸がメインになっている中のコースにした。世の中には、松茸と聞くとうっとりする人がいるが、私はまったくない。たしかにおいしいし、出されれば食べるけれど、毎年、松茸の季節を待ちわびているようなタイプでもない。毎日、きのこ類は欠かさず食べているけれど、松茸には執着がないのである。ただ彼女たちに喜んでもらえればいいと、それだけだった。

秋らしい取り合わせの八寸の後、それぞれの目の前に珪藻土《けいそうど》で作られた一人用コンロが運ばれ、網の上にスライスした松茸がのっていた。その他にも追加分の松茸もお皿にのっている。みんなで、

「初松茸だわ」

といいながら話し込んでいたら、お給仕してくださった女性が、あわてて、

「あのう、網の上の松茸が、そろそろ食べ頃でございますので」

という。

「はっ？」

話をしながら、あははと笑っていた私たちはいっせいに彼女を見た。

「焼いていますと、松茸の上に旨味成分がしずくのように浮いてきますので、そうなりましたら食べ頃です。焦げ目がつくのは焼きすぎです」

といわれ、

「はあ、そうですか」

とうなずきながら、教えていただいたとおりにした。もっと焼き色がつくまで焼くものだと思っていたが、そうではなかった。見た目ではほとんど生の状態だったが、食べてみると松茸の香りが高くて歯触りもよく、とてもおいしい。その後に出された、松茸のすまし汁を、みんなで、

「おいしいわねえ」

といいながら口に運んだ。ごくごく飲めそうなまろやかさで、体中にじわーっとしみわたるような味だった。

お造りの盛り合わせとかぼちゃなど季節の野菜の炊き合わせの間に、鱧《はも》と冬瓜《とうがん》のすまし仕立てが運ばれてきた。関西の人は鱧は身近な食材かもしれないが、私が鱧

を食べたのは、三十歳を過ぎてからだった。たまたま会食のコースの一品として、鱧の吸い物が出て、白い身の上に赤い梅肉がほんの少し、あしらわれていた。鱧の骨切りをテレビで観たときも、その音が特徴的で、

（大変な手間をかけているのだな）

と思った。関西では旬の味覚なのだろうが、東京ではあまりなじみのない食材だった。鱧自体に強い味があるわけでもなく、魚自体の味がどうのこうのというよりも、旬の物という楽しみ方なのだろうと、これまでの鱧体験からそんなふうに考えていた。

しかしこの鱧と冬瓜のすまし仕立ての出汁《だし》が、松茸のすまし汁以上においしく、一同で、「なんておいしい」と顔を見合わせて声をあげてしまったくらいだった。友だちの一人はとても料理好きなので、

「このお出汁はどういうふうに作られているのですか」

とお給仕の女性にたずねると、

「これは鱧の出汁です」

と教えてくれた。あっさりしているのに、こんなに深い味わいがあるなんてはじめて知った。

その他に魚の幽庵焼き、食事は松茸御飯と赤出汁、香の物だった。松茸は最初の焼き物やすまし汁で食べているし、またまた御飯なので、飽きないかなと心配していたのだが、この御飯が薄味ながらとてもおいしく、お釜で供されるので、私はふだん、御飯のおかわりなどしないのだが、山盛り二杯を食べてしまった。他の三人も同じようにおかわりをした。本来ならばお給仕の女性がよそってくださるのだが、すでにおかわりを済ませている私たちを見て、

「申し訳ありません。わたくしがしなくてはならないのに……」

と詫びてくれた。

「いえいえ、おいしくてあっという間に食べてしまったので、勝手にやってしまいました。どうぞお気遣いなく」

私たちはお釜ひとつ分をきれいに食べてしまった。水菓子ときちんと作られたわらび餅、抹茶もいただき、大満足の昼御飯だった。友だちも娘さんも喜んでくれて、本当に楽しいお昼の時間を過ごした。

その会食の後もずっと頭から離れなかったのが、出汁についてだった。私は二十年近く前は、出汁をとるために、毎朝鰹節を削っていた。木の箱に鉋《かんな》が逆にはまったような形のもので、下に引き出しがついている、古典的な道具を使っていた。し

かしなかなか上手に削ることができず、最初は粉になってしまい、これだったら鰹節粉を買ったほうがいいのではとも思った。しかしネコもいるので、家で削った鰹節のほうが喜ぶだろうと、やっと削り節らしくなった形状のものをネコの御飯の器のなかに入れてやったら、匂いを嗅いで、

「ふんっ」

と顔を背けて行ってしまった。

「えっ、なんで?」

ネコにとってはこれほどのものはないと思ったのに、完全に無視された。それもたまたまだったのかなと、二、三日経って、もう一度同じことをしたら、ネコの態度は同じだった。そして掌《てのひら》にのせて口元に持っていったら、

「ふんっ」

という鼻息で削り節は散らばってしまったのだった。それで私は意気消沈し、あまりに手間もかかるということで、鰹節を削るのはやめにした。

しかし今回の食事で、あらためて出汁の重要さがわかり、これは私の食生活も何とかしなくてはと考えはじめた。これまで添加物の入っていない出汁パックを使ったり、素材から味が出る物、たとえば味噌汁に切り干し大根などを入れて、出汁が

わりにしたり、小さな煮干しをそのまま具の野菜と一緒に煮て、別に出汁を取らずにすませたりと、手抜きをしていた。それでも出汁の味があるおかげで、味噌も少量で済むし、和食には出汁の威力がとても大きいのだった。しかし昆布を水に入れて沸騰寸前に取り出すとか、本の通りにやってみても、私がとった出汁はいまひとつで、それで出汁パックの登場になったのだった。

早速、出汁のとり方の本を買って読んでみたら、おいしい出汁のためには、食材もそうだが、鍋も重要だと書いてあって、

「へええ」

と驚いてしまった。用具はアルミの雪平鍋がいちばんで、三ミリと厚さまで指定してあった。ステンレス製や琺瑯《ほうろう》製はすみやかに湯温が下がらないので、濁りや臭みが出るのだそうだ。腕の悪さもあるのだろうが、私はずっとステンレスの五層鍋を使っていた。そしてその仕上がりはいつも、「おいしい」といえるものではなく、本の指摘のとおり、濁りがあるし臭みもあった。しかし味噌を入れるし、こんなものでいいかと諦めていた。しかし心のどこかで、ちゃんとした出汁はこんなものではないだろうという気持ちはずっとあったのだ。

もちろん料理が苦手の私と、厳しい修業に耐えて懐石料理を極めた料理人がとっ

た出汁では大違いなのは当たり前である。しかし下手は下手なりに、自分が納得したものを作りたい。そこで本に指定してあったような、アルミ製の厚さ三ミリの雪平鍋を購入し、おいしい出汁がとれるという真昆布も調達し、出汁をとってみたのだが、この一番出汁はおいしいという表現よりも、味が上品すぎてどうしたらいいのかしらと困ってしまった。ふだん使うには、もうちょっと庶民的なほうがいいと、今度は小ぶりな煮干しなどを買って出汁をとってみたら、やはり材料も鍋も違うからか、今までとったなかでは、理想に近いものだった。

しかし、一度に一リットル分の出汁をとれるので、これを家族で食べるのならばいいが、私はひとり暮らしなのである。冷蔵庫に入れて何日も持たせるものでもない。以前、製氷皿に入れて凍らせて、適当に出汁のキューブを溶かして使えばよいというのを聞いてやってみたが、やはり風味も落ちて、より臭みが出るような気がした。出汁は冷蔵したり冷凍したりするのではなく、とったその日のうちに消費するのが、いちばんいいような気がした。

私の場合、一日に必要な出汁の量は二百五十から三百cc程度である。そのために毎朝、出汁をとるのは、料理好きでもない前期高齢者としては、ちょっときつい。毎朝、鍋で御飯を炊き、三食自炊が精一杯だ。そこで出汁の本にも書いてあった、水出し方式を採用した。以前にも昆布や削り節を入れて、お湯をさして出汁をとるポットが売り出されたことがあった。それも便利そうだけれど、寝る前に夏に麦茶を入れていた容器に水、昆布、煮干しを入れて冷蔵庫に入れる。出汁パックを使わないとなると、これが今の私には精一杯である。その前に煮干しは頭とはらわたをとって、ふたつに割く作業があるのだが、それは嫌いではないので、黙々とやっている。老ネコが興味を示すかと思ったら、近寄ってきて鼻をひくひくさせたまま、じーっと半分になった煮干しを見ていたが、特に関心を示さずにストーブの前に戻っていった。

一緒に食事をした料理好きの友だちは、知り合いの和食店の店長に、私と食事をした店の出汁の話をした。すると、鱧の出汁は皮を炙《あぶ》り、骨も一緒に入れて出汁をとるのだと教えてくれた。そして店では料理に使う出汁も、昆布と共にものすごい量の削り節を入れるという。

「店と同じような出汁をとるのは、家庭では無理だと思うよ」

そういわれて彼女はがっかりしたといっていたが、とにかくいい出汁が出る昆布の価格があまりに高いので、店でも決まった量しか買えない。お店でも原価を考えると、使いたいだけの量は買えないそうなのだ。そして出汁が残った場合、翌日、味をみると、昨日感じた味がすべてとんでしまい、捨てるしかないのだという。

「そこまでやらないと、おいしい出汁ってとれないし、お店の味は守れないのよね」

私と友だちは、それはそうかもしれないと納得しながら、それでこそ店で食べる楽しみもあるねとうなずき合ったのだった。

20　調理道具のこと

料理をするには道具が必要だ。私はひとり暮らしをはじめたとき、当時、ひとり暮らしの万能調理器具といわれていた、中華鍋を購入した。炒め物もできるし煮物もできる。汁物も作れるので、まず揃えるべき鍋といわれていたのである。それほど高価なものでもなかったし重宝していた。ただ味噌汁を作るために、ステンレス製の小さな片手鍋も持っていた。御飯は実家にいるときはできなかった、玄米食をしてみたかったので、玄米小豆御飯を圧力鍋で炊いていた。

鉄製の鍋で面倒くさいのが、空焼きと油ならしだ。鉄製の鍋には錆《さび》止めが塗られているので、それを取らないといけない。鍋を洗剤で洗って火にかけ、中火で鍋を空焼きし続ける。そのうちに鍋の中央部分の表面が青色というか虹色というか、だんだんと色が変わってくるので、そうなるとその部分の錆止めが取れた印になる。側面や上部は一度にできないので、鍋を傾けながら同じように焼いていくのだが、これが結構、時間がかかるし、換気扇をずっと回しながらの作業で、ずっと鍋の前から離れられない。

全体の錆止めが取れたら、再び洗剤で洗い、次はくず野菜を使って油をなじませる。キャベツの芯とか人参《にんじん》のはしっことか、捨ててしまうような部分でいい。二百ccほどの油を入れて全体にまわるようにして温め、油をオイルポットなどに戻して、野菜を炒めはじめる。そして炒めたら野菜を捨てて終了。せっかく鍋に油がなじんだので、洗剤を使わずにタワシかササラで洗い、水分を拭き取って油を塗っておく。私は格好をつけてササラを買ってしまったが、使い慣れていなかったためにうまくいかず、タワシのほうがずっと使い勝手がよかった。

しかしテレビの料理番組で観るように、中華鍋の内側がつるっつるで、何を炒めてもするすると具材が動くというわけにはいかず、焼きが甘かったのか、ところどころこびりついたりした。そのたびにそこをこそげ取っていくか、焦げ付かないようについつい油の使用量が多くなっていった。でも炒めた後に煮るとか、竹製の中華蒸籠《せいろ》を上に載せれば、蒸し物も簡単にできる。そのうち使った後に油を塗ることもしなくなったが、使うのには支障がなかったので、結構、長い間、その中華鍋は使っていた。

最初のアパートから、次に引っ越した部屋は、台所の陽当たりがよかった。そのときは会社に勤めていたので、朝、まとめて調理できるものはしておいて、帰ってきてからまた簡単なものを一、二品作っていた。はっきりは覚えていないが、たしか鶏のひき肉と野菜の味噌炒めを作り、それを冷蔵庫に入れればよかったのに、遅刻しそうになったので、あわてて中華鍋に埃除《ほこりよ》けの蓋をして出勤した。

そして家に帰って、中華鍋の蓋を開けたら、びよ〜んと何やら鍋の中の物体と蓋の間に、粘着性のものが発生している。何かと思ったら、私が会社に出かけているうちに、台所に放置していた中華鍋に、かんかんと陽があたり、蓄熱作用もあるため、中途半端に熱せられて、あっという間に中身が腐ったのだった。二十代の私は、家事のもろもろについて頭が回っていなかった。ぎょっとして顔をそむけつつ、厚手のゴム手袋をして中身をゴミ袋に捨て、気分が悪いので中華鍋も捨ててしまった。何となくそのときの記憶があって、それ以来、中華鍋を使うのはやめてしまった。

以降、アメリカ製のステンレス鍋をずっと使ってきた。フライパンよりもやや深めで、煮込みなどにも使える、ちょうどいい大きさだった。アルミ鍋はアルツハイマーの原因になるという話が出てきた頃で、私が定期購読していたアメリカの女性雑誌にも、そういった記事が掲載されていた。昔はどの家庭もそうだったと思うが、私が育った家でもアルミ鍋を愛用していて、魚を煮る平たい鍋も、味噌汁を作る鍋も、やかんも、アルミ、アルマイトだった。フライパンは鉄製だった。アルミ鍋は軽いし洗うのも楽なので、とてもいい鍋だとは思うが、そういう話が出てくると、ちょっと二の足を踏んでしまい、ステンレスを選んだのである。

最近はこの説は違うのではないかといわれるようになった。調査の結果、同じアルミ鍋で作った料理を食べた老夫婦が、二人ともアルツハイマーになる確率がとても低かった。もしもアルミ鍋が原因だったとしたら、必ず二人ともなるはずなのに、そうではなかったかららしい。飲食店では調理の際にアルミ鍋を使っているところも多いだろうし、市販のお惣菜《そうざい》もアルミ鍋を使って調理している場合もあるだろう。アルツハイマーの発症云々のせいで、アルミ鍋業界はダメージを受けたと思うが、気にするほどのこともなかったのかもしれない。

私はステンレス鍋が壊れないので、それを使い続けた。食材と少量の水を入れて蓋をすると、蓋と本体の間にウォーターシールドという現象が起こり、蒸し調理ができる。蒸籠を使わなくてもいいし、道具もシンプルになったので、知り合いに薦めたのだが、彼女は、

「うまくいかなかった」

といっていた。その人によって使いやすい道具は違うのだ。その鍋は十年保証な

のだけれど、それ以上使い続けて、取っ手が割れてしまったので買い替えようとしたら、すでに部品が廃番になっていたくらい愛用した。そして同じサイズの新しいものに買い替え、フランス製の琺瑯《ほうろう》鍋にも興味がわいて、それも購入して煮物などを作っていた。

それだけステンレス鍋を便利に使っていたのに、あるとき急に、それで炒め物をすると金属の味がするような感覚になった。更年期の影響もあったかもしれない。毎日のことなので困り、調べた結果、表面を強化ガラスセラミックでコーティングしてある、シリット社のフライパンを買った。こびりつきもなくとても使い勝手がよく、ステンレスの鍋はしばらくの間、お休みしてもらっていた。

便利にガラスセラミックコーティングのフライパンを使っていたけれども、私のなかでは、炒め物はやっぱり鉄製という思いはずっとあった。実家のフライパンは当時の普及品だったと思うが、鉄製の真っ黒でどっしりとしたもので、母親がそれで炒め物をしながら、

「鉄分補給、鉄分補給」

と呪文のようにいっていた。鉄製の調理器具を使って、鉄分補給できるのかはわからないが、とにかく彼女はそういっていた。よく食卓に上ったのは、ほうれん草

のバター炒めや、ひじきと人参と豚肉の炒め物だった。これは醬油味で人参も豚肉も細切りにしてあり、翌日になると白い脂がところどころに固まっていたので、バラ肉を使っていたのだろう。鉄製フライパンとほうれん草、ひじきで、鉄分が二倍、三倍と考えていたのかもしれない。

体にはよさそうだが、鉄製フライパンは使う前の準備の手間を考えると、買うのを躊躇《ちゅうちょ》していた。三、四年前、晩御飯にもう一品作りたいけれど、面倒くさいのはいやだなあと考えていたとき、世の中にスキレットが流行りだしていた。本来はキャンプ用のもので、料理ができたら鍋ごとテーブルに出してもおかしくない形ということで、ずいぶん売れたらしい。しかしキャンプ用なので家族がいる人は便利だろうけれど、ひとり暮らしではなあと思いつつ、インターネットで検索していたところ、油ならし不要、小さいサイズあり、のスキレットを見つけた。ロッジというアメリカのメーカーのもので、私の持っているものは内径約十一・五センチ、別売りの蓋も購入した。ただ、蓋をした状態での重さが約一キロと重い。しかしこれがあるおかげで、おかずを一品増やせるので助かっている。

たとえば中途半端に残ってしまった肉、野菜室の隅にあったミニトマト、使い残りの野菜いろいろなど、オリーブオイルを少量入れたスキレットに並べて、塩、こしようを振って蓋をし、弱火にかけておくだけ。他の調理をしているうちに火が通り、一品できてしまうのである。様子を見ながらチーズをのせたり、卵を割り入れれば栄養バランスもよい。朝のせわしないときでも、ベーコン、ブロッコリーやパプリカ、卵、チーズなどを入れて、シャワーを浴びたり、顔を洗ったりしているうちに出来上がる。ただしやはり油は多めに使うようになるのと、底の形状によりIH調理器で使えないものもあるようなので、確認が必要のようだ。

昔は便利に使っていたフランスの琺瑯鍋は、歳を取るにつれてその重さが辛《つら》くなり、欲しいという方に差し上げた。そしてシリット社のフライパンも最初は表面がつやつやだったのが、いつの間にか曇った感じになり、持ち手も劣化して割れそうになっている。コーティングも永久的なものではないそうで、買い替えの時期かなと思っていたら、日本で販売されなくなってしまった。買い替えがままならなくなったし、まだステンレスのフライパンには戻れなかったので、調べた結果、デンマークのスキャンパンというメーカーが、人体に影響がない特殊なノンスティック加工(こげつき防止のコーティング)を施したフライパンを出しているのを知り、買ってみた。するとこれが軽いわ、こびりつきはないわ、手入れは簡単だわで、すばらしい製品だった。

本当に楽だと思いつつ、私はその便利さがちょっと不安になってきた。あまりに楽すぎるので、これでいいのかと思いはじめたのである。たしかに料理の仕上がりにも問題はないし、卵焼きを作ってもこびりつかない。へそ曲がりな私は、本当に大丈夫なのかと、その完璧さが怪しく思えてきたのだった。もちろんこれは私の考え方で、フライパンに何か問題があったというわけではない。片手でほいほいと扱えるのは、筋力が衰えてきた私にはありがたい調理器具だった。

そこで元に戻るのだが、

「やはり炒め物は鉄製なのでは」

という考えが頭に浮かんできた。しかし鉄製は油ならしが必要だし、さぼるとすぐに錆が出たりこびりついたりする。そこのところをクリアできるものはないのかと、またまた調べた結果、何と、油ならし不要の鉄製のフライパンがあるではないか。それも作っているのは、私が長い間使っていたステンレス鍋のメーカーだった。こんなことがあるのかしらと、鉄製のフライパンで面倒な油ならしがいらないなんて素晴らしいと購入した。しかし封入されていた取扱説明書には、

「油ならしをしてください」と書いてあった。

「あれ？　話が違うんじゃや……」

読んでみると、本来の鉄製フライパンの油ならしに比べると、格段にあっさりとしたものだった。フライパンに油を大さじ三〜四杯ほど入れ、弱火で三分ほど加熱。火をとめて油を別の容器に移し、キッチンペーパーなどでフライパンに残っている油を、すり込むようになじませて終わり、やってみたらあっという間に終わった。最初は調理後にお湯とタワシで洗い、水気を拭いて油をすりこむのを続けていた。それだけはやっていたが、その他は何もしていないのに、炒め物をしてもこびりつかないし、おまけに軽い。厚手であれば熱伝導の効果があるので、料理によってはいいのかもしれないが、別にステーキを焼くわけではないので、野菜炒め程度だったら、薄手のもので十分だった。

昔はひとつ便利な部分があると、他の部分で気になるところがあったりしたけれど、技術の進歩のおかげで、いいとこどりができる調理器具が出回っているのがわかった。ノンスティックのフライパンは、卵焼きやそば粉のクレープを焼くのに使っている。同じものを長く使い続けるのもいいけれど、少しでも日々の調理が楽になるように、新しいものを探してみるのもいいのではないかと思う。

21 糖質制限とおせち

今年も年明けに書き下ろしの締め切りがあったので、元日だけ仕事を休んで、あとはずっと仕事をしていた。なので三年連続、おせちを注文したものの、去年もいまひとつで今年もいまひとつだった。

おせちについては、味付けに糖分と塩分が多めになりがちなので、それらが控えめのものを頼んでいた。初めて注文したときは、なかなかおいしくいただいたのだが、二年目からそのおせちがなくなってしまった。そこでカタログの中で塩分を控えたり、糖質制限されていたりするものを選ぼうと思ったのだが、数多いおせちのなかに、それぞれ一種類ずつしかなかった。悩みに悩んだ結果、

「私には糖質制限が必要かも」

と、糖質制限を謳《うた》ったおせちのほうを注文したのだった。

大晦日に届き、蓋を開けてみた私は、

「あー、なるほどね」

とうなずいた。糖質制限の意味は、料理の糖分も控えているのだろうが、糖質が少ない食品が詰めてあるということだったのだ。もちろんカタログを見ているので、どういう内容かは、いちおう把握していた。仕入れ状況によって、内容が変わる場合があるというのも承知している。今回はフレンチレストランが作ったと書いてあり、ふだんは和食ばかりなので正月くらいは洋風でもいいだろうと思ったのである。

おせちの中に入っていたのは、牛肉、鴨肉、豚肉、太い手作りソーセージなどの肉類、サーモン、エビ、イカ、カニ、アワビ、ホタテなどの魚介類、そしてチーズ各種に、生クリーム系の乳製品、そしてフォアグラ。私はチーズは年に二回ほど食べるくらいで、好きというほどではない。モッツアレラチーズ、ゴーダチーズはわかるけれど、名前も知らないチーズが使われたおせちを見て、もう一度、

「あー」

と力なくつぶやいた。そして、

「野菜はないのか、野菜は」

と探してみたら、オマールエビの身の下に、サヤエンドウとブロッコリーのスープ煮に、マイクロトマトが散ったものと、その隣の仕切りの中に、ピクルスがあった。とにかく野菜よりも肉と乳製品の比重がとても多いおせちなのだった。

たしかに肉類、魚介類、乳製品は糖質が少ない。しかし私が想像していたのとは違っていた。クリームを生サーモンで巻き、イクラがのせてある料理は、クリームをとりのぞいて食べた。またまたおせちに関しては失敗した感があった。

実は私はおせち料理を詰めるために、小ぶりな塗りの三段重をオーダーしてしまっていた。所有物の処分をし続けている人たちの間で、食器、台所用品のなかでいちばん不要といわれている重箱を、私も所有物を処分し続けている最中だというのに、わざわざ注文したのである。それは購入したおせちを配送された器そのままで食べるのは、ちょっとと思い、詰め替えようとしたのだった。

たしかに無駄かもしれないけれど、私も前期高齢者となったから、これから何回、おせちが食べられるかわからない。子供の頃はお年玉ももらえて、着物も着せてもらったり、家でゲームをしたりと楽しかったので、正月はめでたい気持ちがあったが、お年玉がもらえない年齢になると、正月はどうでもよくなった。

「ただ十二月三十一日から、一日経っただけじゃないか」

と思って、学生のときはアルバイトに精を出していた。実家が地方にある子は帰ってしまうので人数の手配ができず、私のような実家が東京の学生に集中的に声がかけられたのだ。ふだんの日よりも時給が高くなるし、どうせ暇だし、ちょっとでもお小遣いのたしになるならと、一月二日からアルバイトをしていた記憶がある。就職するとまた正月はどうでもよくなって寝だめをする時期になった。ただ、都内が空《す》いて空気がきれいになるのはうれしかった。

しかしこの歳になると、正月を迎えられるのが、とても大切に思われるようになってきて、それが重箱購入につながったのである。

塗りの重箱だったら、中身がどんな種類のおせちでも格好がつくので、洋風でもかまわないと考えていた。しかし、いざおせちの内容を見てみたら、私の苦手な乳製品がたくさん使われていたので、一気にやる気が失せ、

「今年はこのまましまおう」

と重箱はそのまま棚の中に入れた。

本当はもうちょっとは大丈夫なのかもしれないが、おせちの賞味期限が一月一日までと表示してあったので、今日中に食べなくちゃと思っていたら、友だちからおせちを食べに来ないかとメールが来た。実家に行く予定だったのが、それが変更になり、お嬢さんと自宅に二人でいるという。うちの老ネコには申し訳なかったが、

「ちょっと買い物に行ってくるね」

と断って、電車に乗って十分ほどの彼女の家に向かった。

愛らしい美人のお嬢さんが迎えてくれ、

「どうぞ」

と食卓に案内された。テーブルの上には有名な和食店のおせちのお重が置かれ、くわいや美しく四角にカットされた焼き魚、酢じめの魚、小ぶりな伊達巻き、かずのこ、金柑の甘煮などが、重箱を逆さにしても落ちないくらい、ぎっちぎちに詰まっていた。

(これがおせちだよなあ)

と、うちのおせちを思い出していると、

「他にすっぽんのお雑煮と、あとですき焼きがあるから」

と友だちがいう。

「ええっ、それは豪華版ね」

私の今までの正月で、いちばんすごいラインナップかもしれないと驚いていると、お嬢さんが、

「先にこちらを食べましょう」

と声をかけてくれたので、二人でおせちをつまんでいた。味付けはしっかりしていたが、やはりおいしい。私は病気で食事制限を受けているわけでもないのに、塩

分だの糖質だのとおせちをそういった部分で選んだことをとても後悔した。おせちはこういった味付けでいいのである。隣の大皿には、鮨店から届いたという、かずのこ、豆きんとん、栗きんとん、かまぼこの類が並べられていた。そして彼女手作りの煮しめ。極端に野菜不足のうちのおせちを思い出しながら、

（煮しめくらい自分で作ればよかった）

私はまた後悔した。

すっぽんのお雑煮は、このおせちを購入した和食店のものを真似したものだという。

「お店だとお餅がもっと小さくて、お上品なんだけどね」

「すっぽんを自分で捌《さば》いたんじゃないよね」

「まさか。お店でやってくれたのよ」

すっぽんの汁に焼いた四センチほどの長ねぎが入っていて、とてもいい香りが立っている。彼女は神奈川県の出身なので、餅は角餅なのだが、

「もらったお餅が丸かったから、今年は変則的なの」

といっていた。知り合いのお宅で搗《つ》いた餅が届いて、それが丸だったのだそうだ。高齢者の餅被害を考えると、そのほうがいいのかもしれないが、最近の餅は伸びが

悪い。昔のように嚙んでも、びろーんと伸びなくなったが、この餅はちゃんと伸びる餅だった。そして餅自体に風味がある。餅網にくっついて困ったと彼女は嘆いていたが、餅の水分含有量が違うのだろうか。

おいしいすっぽんのお雑煮をいただきながら、典型的なおせちをつまんでいると、

「ああ、日本のお正月」

と思わずつぶやいてしまった。彼女に、

「おせち、どうだった？」

と聞かれたので、正直に内容を話すと、

「ああ、そうか。そういう中身だったのね」

と気の毒そうな顔をした。

「やっぱり日本の正月はこれだね。味がちょっとくらい濃くたって、それがいいのよね」

私はそういって気持ちを改めた。だいたい私が買ったおせちよりも、はるかに目の前のおせちのほうが見た目にも食べたくなるし、実際に塩分も糖分も制限していないはずなのに、おいしいのだ。

そしてその後はすき焼きが登場した。私はひとり暮らしなので、まずすき焼きは

やらない。昔は会食で食べたりはしたが、今は老ネコがいるため、夜は外に出られないので、すき焼きから二十年以上遠ざかっている。

「砂糖は控えめにして、あまり甘くないようにしたから」

すき焼きは砂糖と割り下で甘辛い味付けにするが、私は料理が甘いのが苦手なので、砂糖が控えてあっても、まったく問題なく、かえって野菜も肉もするすると食べられて、おいしかった。何と豪華な正月よと思いながら食べ終わると、愛媛県産の高級みかん紅まどんな、いちご、りんごといった果物のお皿が登場した。

「そのりんご、冬恋《ふゆこい》っていう名前なんだって」

今の若い人は、紅玉《こうぎょく》とか国光《こっこう》とかいっても、知らないだろうなあと思いながら食べてみると、ふっとラ・フランスのような香りが漂ってきた。もちろん洋梨のラ・フランスよりは固いけれども、一般的なりんごよりは柔らかい食感で、高級な雰囲気のりんごだった。おみやげに、鳩サブレーでおなじみの、豊島屋の愛らしい「小鳩豆楽」までいただき、心から満足して、夕方家に帰った。

すっぽんのお雑煮をいただいたせいか、ずっと体はほかほかと温かい。家に帰って、うちのおせちの蓋を開けてみると、食べられるものはたくさん詰まっているが、食べたいものがほとんどなかった。昼間に典型的な日本の美しいおせちを見てしまったので、よりその感が強くなった。

晩御飯のときに、チーズのなかでは比較的好きなモッツァレラチーズが、直径一・五センチの球になっているものを二粒食べたが、やはり厚さ五ミリにカットされたゴーダチーズや、生クリームも入っているフォアグラのロワイヤルは、二口くらいしか食べられなかった。肉類もたっぷりありすぎて賞味期限内には食べきれず、保存容器にそれらを詰めて冷蔵庫に入れ、翌日から消費活動に入った。野菜炒めに入れたり、野菜のスープ煮に添えたりして、四日間かけてやっと食べきった。

味はけっしてまずくなく、おいしかったけれど、糖質が少ない食材だけを詰めて、糖質制限おせちとするのは、いったいどうなのかとやはり疑問だった。私の期待が大きすぎたのだろうか。来年もおせちを頼むかどうかは、今のところわからないが、もし頼むのであれば、典型的な和食にしようと反省した。

一部、自分で作れるものは作ったほうがいいのかもとも考えた。実家にいたときは、積極的におせち作りに参加したわけではないが、母がどういうふうに作っていたかは、うっすら覚えている。毎年、正月に十人以上の人を招き、手製のおせちをふるまう料理上手の友だちに、クリスマスの日に会った。

「おせち作りも大変でしょう」

と聞いたら、ため息まじりに、

「そうなの。金柑はもう作ったんだけどね」

といったので、そんなに早くから準備するのかと驚いてしまった。一週間から十日かけて作っているのかもしれない。

うちには来客もないし、自分一人分だけを作ればいい。しかし小さな重箱だけれど、そこにきっちりと詰めるとなると、品数が必要だ。新年早々間抜けだが、早すぎというか遅すぎというか、おせち料理の本を買った。今年の末にむけて、心を入れ替えて精進しようと思っている。

22 プラスチック・フリーを求めて

昨年から、マイクロプラスチックに関する本を読んだり、インターネットでサイトを見たりしていると、地球温暖化も含めて、今の環境問題は相当まずいと感じるようになった。温暖化に関しては、ずいぶん前からいわれていたが、被害が現実になるのはまだまだ先と思っていた。マイクロプラスチックの影響についても、一昨年あたりから雑誌に掲載されるようになり、ただのゴミ問題ではなく、健康問題にまで発展する可能性もあると知ったのだが、あっという間にレジ袋に課金されることが決まったり、配布をやめたりという事態になっている。まだ先の話ではなく、今の話、そして対策をとるのが遅すぎるといった感じである。

マイクロプラスチック問題は、家庭ゴミの影響も大きく、ペットボトル、商品の包装物、ウエットティッシュ、便利に使える紙のようにも布のようにも見えるが実はプラスチックでできている不織布の製品など、そういったものが影響している。また私が本や雑誌を読んで驚いたのは、合成繊維の衣類を洗濯すると、そこから微細な繊維が下水を通じて海に流れ出て永遠に漂うということだ。それを食べた魚を私たちが食べ、体内にマイクロプラスチックを取り込んでいるというのだった。ゴミとして見えるものは注意できるが、そうではないものに関しては、まったく注意を払わなかったので、本当にこれはえらいことだと思ったのである。

私の家の中を見ると、土や木でできているものを選んでいても、プラスチックに囲まれている。たとえばキッチンには、ラップ、密閉容器、調理道具など、プラスチック製品は多い。木製品に比べて、カビが生えにくいとか、洗いやすいとか、利点はたくさんあるのだけれど、処分するときには問題が起きるのだ。私の場合はそれまで使っていたものが劣化した時点で、しゃもじや調理道具を随時、プラスチックのものから木製、金属製に買い替えていった。そちらのほうが値が張るのだが仕方がない。生ゴミも基本的には新聞紙で折った袋に入れて捨てている。

密閉容器や調理道具などは、何年か使い続けるものなので、まだましなのだが、いちばん問題なのが、使ってから捨てる期間がとても短いラップだという。私はひとり暮らしなので、料理を作っても余ることはまずないが、余ったときは茶碗の上に小皿をかぶせて蓋代わりにして冷蔵庫に入れたりしていた。しかし生のままの魚や鶏肉の場合は、ラップを使う。二十メートル巻きのものを買っても相当持つけれど、使ってすぐに捨てるのは同じである。

また電子レンジを持っていないので、冷凍しているものも少ないが、食品を冷凍するときにはポリエチレンの保存袋を使う。一回使っただけではもったいないとは思いながら、ひとり暮らしの前期高齢者としては、衛生面には特に気をつけたいので、冬場は洗って乾かして二、三回利用することはあるが、夏場は肉や魚を入れたら、ゴミ袋として使って捨てる。でも、買って短期間で捨てているのにかわりはないのだ。

インターネットで、プラスチック・フリーの生活をしている人たちについて検索してみたら、プラスチックのラップ代わりになるビーズワックスラップが紹介されていて、家庭で作れるというので、まずどんなものかと製品を取り寄せてみた。木綿や麻の布に、ミツロウ（ビーズワックス）をコーティングしたもので、手触りは厚手の油紙のようだった。しかし容器にそれをかぶせると、ちゃんと蓋代わりになった。市販のものも手作りなので、やや値段が高いのだけれど、自分で作れば安くできる。手洗いもできるし、一年から二年は使える。家にある木綿か麻のはぎれに、ビーズワックスをアイロンでしみこませれば出来上がるのだ。クッキングシート、アイロンもあるので、あとはビーズワックスを購入するだけ。とりあえず精製ビーズワックスのペレット状のものの百グラム入りを買った。価格は商品のみで七百円くらいだった。しかし今回、直径十五センチほどの丸形を二枚、二十センチほどの四角を一枚作っても、まだ半分以上余っているので、購入する場合は半分の五十グラムのサイズで十分かもしれない。

インターネットのサイトに載っていた作り方を手短に説明すると、クッキングシートを敷き、その上に布をのせ、その上にぱらぱらとビーズワックスを散らばせて、またクッキングシートをのせて、アイロンをかけて熱で定着させる。ビーズワックスが足りずしみていない部分は見てわかるので、その場合はクッキングシートをめくって、その部分に、ぱらぱらと足し、また作業を繰り返せばよい。直後は温かく湿っているので、乾くまで待てば出来上がりである。

思っていたよりもずっと簡単だったのだが、一枚目はビーズワックスの量が多すぎて、出来上がったものがちょっと硬めになってしまったが、容器に蓋をするのには十分だった。コツはビーズワックスを少なめにして様子を見ながら足すことだろうか。しかしこの手作りラップにも弱点があり、肉や魚は衛生上の点から包めない。サンドイッチやおにぎりは大丈夫だそうなので、ラップを使う量は減らせるとは思うのだけれど、私の場合はまず、そういった食べ物を外に持ち出すことがないので、肉や魚を包めるものは何かないのかと探していたら、スタッシャーという容器が紹介されていた。スタッシャーは「プラスチック・フリーの保存容器」といわれている。

ふだん便利に使っている、食品保存容器や冷凍保存袋もすべてプラスチックでできている。またテレビの時短料理特集で、ポリ袋のなかに食材を入れて、それを湯煎にして調理するアイディアが紹介されていたりする。いつもへええと感心はするのだが、湯煎によってポリ袋からいろいろな成分がしみ出てきて、口にするには問題ないのだろうかと心配になっていた。

このスタッシャーは食品用品質として認められているプラチナシリコーン製で、健康面の心配はないのだそうだ。利点としては肉も魚も入れられ、電子レンジ、コンベクションオーブン、蒸し料理、湯煎、冷蔵、冷凍に使える。おにぎり、ナッツ、お菓子などをそのまま入れたり、文房具などの身の回りの雑貨の収納ポーチとしても使えるというのが謳《うた》い文句である。食器と同じように何度も洗えるが、基本的に食洗機を使うのが推奨されている。私は冷凍保存袋は何回か洗って再利用し、裏返して干したりして使っていたが、こちらは裏返すのは厳禁。密閉のポイントである、ピンチロックシステムに影響を及ぼすからだそうだ。

肉や魚が入れられるのはうれしいが、うちには電子レンジがないので、スタッシャーの利点を百パーセント活かせないような気がしたが、どんなものかとショッピングサイトを見てみた。サイズはS（11センチ×19センチ×1・7センチ　293・5ミリリットル）M（19×19×1・7　450ミリリットル）L（26×21×1・7　1・92リットル）、自立するスタンドアップタイプ（19×21×6・21・6リットル）がある。価格はS千二百円、M千五百円、L二千二百円、スタンドアップタイプ二千三百円である。色はそれぞれ、クリア、アクア、アメジスト、オブシディアン、シトラス、スモーク、ライム、ラズベリー、ローズクォーツ。最初は価格を見て、

「ん?」

と思ったのだが、三千回使用可能と書いてあったのを見て、ああ、なるほどと納得した。

サイトではS・M・Lのセットだと、単品で購入するよりも五百円安かったのでクリアを購入した。サイトのレシピを見ると、電子レンジで和食も煮物もスイーツも作れるという。使ってみなくてはわからないので、電子レンジは使わなくていい、湯煎で作れるココア風味の蒸しパンを作ってみた。

材料は二人分でホットケーキミックス百グラム、ココアパウダー大さじ三、水七十cc、マヨネーズ大さじ一、これだけである。まず鍋にたっぷりの水を沸かしておく。スタッシャーに粉類を先に入れて、よく振って混ぜる。次に水とマヨネーズを加え、今度は手で揉みながら混ぜる。混ぜ合わさった生地を袋の下のほうにまとめて、中の空気を抜いて口を閉じ、十五分湯煎すれば出来上がる。途中、余裕があったらスタッシャーの向きを変えるとよりよいとのことだ。

私が試して作った感想は、

「ちゃんとできる」

ということだった。ただし袋に厚みがあってしっかりしているので、中に材料を入れて手で揉むよりも、ボウルなどで混ぜ合わせておき、それをスタッシャーに入れたほうが、最終的にはきれいな形になると思う。ただし洗い物が増えるので、節水の面ではなるべく袋ひとつで作ったほうがいいのだが。型に入れずに袋に入った形、そのまんまが蒸しパンの形になるので、混ぜ合わせた後、裏側にくっついた生地をきれいに落としておいたほうが、見栄えがよくなる。

また、密閉力がとても強いので、湯から引き上げてしばらくおいて、少し温度を下げてから開けたほうが火傷の心配がない。私は気が急《せ》いていたものだから、すぐに開けようとしたが、あまりにしっかりくっついているのと、熱いのとで火傷しそうになり、あわあわしながら開けるのはやめて、しばし放置して開封した。

ホットケーキミックスにもよるのだろうが、私は甘味が添加されていないココアパウダーを使ったので、甘味が強くない大人の味になった。もうちょっと甘味が欲しければ、自分で加えればいいし、ココアパウダーを入れずに、レーズンやナッツを入れてもできるのかしらと考えている。蒸しパンの基本形で、ここからいろいろとアレンジできるかもしれない。湯を沸かし、一度、混ぜてしまえばあとは十五分間放置して、時折、様子を見れば大丈夫なので、とても楽だった。電子レンジを持っている人だったら、肉でも魚でも野菜でも、これに入れたままおかずの調理もできるようなので、とても便利だろう。焼かない豚肉の生姜《しょうが》焼きや、チーズリゾットなど、こんなものまでできるのかと驚かされる。下ごしらえも調理も、この袋ひとつでできるところが、洗い物の手間が軽減される利点だろう。

たしかに便利だけれど、電子レンジがない我が家では、この商品の利点を最大限に活かせない。しかし湯煎調理をするときに、

「大丈夫かしら、何か変なものがしみ出てきてないかしら」

と、どきどきするような心配がないだけでも助かる。肉や魚が入れられ、そのま

まオーブンの中で焼けるところもいいのだが、うちには食洗機もないので、生の肉や魚を入れた後の袋の洗浄が、手洗いで大丈夫なのかどうかが心配なのだ。

今時電子レンジがないなんてと、何十年も前から驚かれたり、友だちには、

「使いたいときはうちのを使って」

といってもらったりしているが、必要だと思ったことはほとんどない。かぼちゃを切るときだけ、あればよかったなとは思うが。便利に使えるものが発明され、それを便利に使うためには、それ相応の生活環境が整っていないとだめだということらしい。スマートフォンを使いたいと思っていても、環境が整っていないと使えないのと同じである。私の場合は、自作の一年から二年使えるビーズワックスラップは問題なく使える。三千回使えるスタッシャーは肉や魚を入れない限り、こちらも便利に使えるだろう。いずれにせよこれからは、できる限りプラスチックを遠ざける生活にしていきたい。

23　グルメサイトの評価と実感

ほとんど外食をしないので、グルメレビューサイトを見る機会はとても少ないのだが、たまに食事をした店を検索してみて、私の印象とはずいぶん違う評価になっているると感じることがある。食の好みは人それぞれで、味覚も違うし、一致しないのは当たり前とはいえ、「嘘でしょ」と評価の☆の数を数えたくなるのだ。

それらはどの店も私が選んだのではなく、同席した方が選んでくださったので、その方には申し訳ないのだが、店を出るときに、

（ここは一生、来る必要はないな）

と思う。

三十五歳くらいの頃、物書き専業になって間がなかった私は、お誘いを受けて夜の食事に出向いた。場所は青山にあるレストランだった。その店は、私が学校を卒業して広告代理店に勤めていた当時、芸能人御用達で、お洒落《しゃれ》な人々の間では人気の店だった。同期入社だが二歳年上の女性が、私と同い年の同僚にお金を借り、そ

の店で何度も食事をして、スタッフの人気の的になっているという話も聞いた。たまたま彼女と一緒に仕事に行ったとき、そのまま直帰してよいと上司からいわれると、彼女が、

「晩御飯を食べて帰ろうよ」

と誘ってくれた。それがそのレストランに行った最初だった。

噂どおり、帰りがけに厨房《ちゆうぼう》の中のスタッフの若い男性たちが、みんな彼女に向かって挨拶をしていた。彼女は私が、同僚に借金をしていると気づいているとは知らないので、私が割り勘でといっても、

「年上だから私が払うよ」

といって支払ってくれた。私は御礼をいいつつ、

（あなたが同僚からお金を借りているのは知っているんだから）

といやな気持ちになった。

それにしても毎晩、同僚に借金をしてまで身分不相応の青山のレストランで食事をし、ブランドものの服を着るなんて、どういう神経をしているんだろうかと思わざるをえなかった。同僚に聞くと、お金を返すこともあるし、返さないこともあるという。

「もういいかげんに断ったほうがいいわよ」

というと、彼女も納得して、以降、お金を貸すのはやめたようだった。

そんなことがあったので、その店に行くのは複雑な気持ちだった。同席したのは出版社の出版部長と担当編集者の方々だった。部長が店とは顔なじみで、席を設けてくださったらしい。メニューを渡されたので、私が、

「何かお薦めはありますか」

とたずねたら、年上の同期と食事をしたときにもフロアにいた中年男性が、

「お薦めとは何だ！　うちは全部がお薦めなので、そんなふうに聞かれるのは心外だ」

などと突然、怒りはじめた。私はこちらが謝る必要はないと思ったので、怒り続ける彼の顔を、じっと眺めていた。ひとしきり彼が怒った後、私はメニューを見てオーダーし、同席していた方々は、この件には何も触れずに食事は終わった。

帰り際、部長が何かいったのか、彼はさっきとは打って変わって、満面に笑みを浮かべながら、私に話しかけてきた。私は適当に相槌を打ちながら、

（この人の接客って、いったい何なのだ）

と考えていた。この店はすでに閉店したようだ。

十五年ほど前に行った店も、店主がひどかった。夜、カウンターで食事をしたのだが、饒舌《じょうぜつ》な主人がカウンター内に立ち、食事をしている客に向かってうるさいくらいによく喋った。それだけならまだいいが、話が途切れると、食材を厨房からカウンター内に運んできた下働きの若い男の子の頭を、ステンレスのトレイでばんばん殴りはじめた。私はあまりのことにびっくりして、同じカウンターに座っている他の人たちの様子をうかがったら、みんなぎょっとした顔はしたものの、視線を目の前の料理に落として、見て見ない振りをしていた。

（こ、これは人道的に許されるのか？）

そう思いながら、厨房をちらりと見ると、そのなかでは職人同士が大声で罵倒し合っている。つまり罵声を耳にし、暴力を目の前にしつつ、食事をするというすさまじい経験だった。

いったい今はどうなっているのかと、グルメレビューサイト三社のサイトを調べたら、☆4・3、4、4・5と評価が高い。そんな環境で料理を出されても、いったい何を食べたかわからなくなる。レビューのなかに私が行った六年後、同じ経験をした人がいて、その人は☆1だった。六年後もあの厨房の罵声や、暴力がずっと続いていたのかと思うと恐ろしくなった。またアジア系の外国人が追い出されたりしていて、差別もしているのかと呆れ果てた。☆の数を多くつけた人は、運よく、罵声、暴力を見聞きしなかったのかもしれない。店主がにこにこしながら、テレビに出演するのをたまに見かけるが、その顔を見るたびに、

「私はあんたの本性を知っている」

とつぶやくのである。

これらの店は、味がどうのこうのというよりも、ホスピタリティーに問題があるが、味に問題がある店もあった。その店を選んだ人は、みんなが集まりやすい場所にあり、サイトの評判も☆4・3、3・6、4と、まあ悪くないので決めてくれたのだろう。しかし供された刺身がとても生臭い。私はいろいろな店に行ったけれども、こんなに生臭い刺身を食べたのははじめてだった。またあら汁も臭かった。そして汁を飲んだら、何やらずるんとしたものが口の中に入ってきて、

(えっ、今の何?　臭いうえに何だか変なものが入ってる)

とあせってしまった。とにかく魚が生臭いので、これはだめだと呆れ、適当に作ったとわかるデザートを食べながら、

(ここもないな)

と思った。厨房内にいる人たちも、給仕をしている人も、みな陰気なのも気にな

った。

　すると店を出た直後に、便意を催してきた。だいたい食あたりの場合は、二時間後くらいに症状が現れると聞くが、私の場合は食べ終わってすぐだったので、食あたりではないと思う。いやだと感じたために、体が、

「すぐ出したーい」

　と反応したのか、たまたまそうだったのかはわからないが、当日はきちんと朝、問題なく排便を済ませていた。午後にまた、それも外出先でということは、今までまったくなかった。お腹を下しているわけではないので、状況は切迫しているわけではないのだけれど、私は家に帰るまで我慢するか、それとも途中で用を足すかと考え、前期高齢者には何があるかわからんと判断し、途中、デパートに寄って用を足し、トラブルもなく帰ってきた。

　しかしあの生臭さに関して、平気な人は平気なのだろうか。グルメレビューサイトで☆をたくさんあげている人がいるのが、信じられない。もしかしたら店に何かがあり、素材の質を落とさなくてはならない理由があったとか、店主一人で作っているわけではないので、腕のいい弟子がやめて慣れない人たちが下処理をし、それを店主が確認しなかったとか、そうでなければあんな生臭い料理を出してはまずい

し、それに対して評価が高いというのが恐ろしい。

そんな話を友だちにしたら、彼女も、

「私もこの間、ものすごくまずい料理を食べた」

という。地方に行った際、帰りの列車の時刻も考えて、駅にいちばん近い、名前が知られている店に予約を入れた。すると昼食で五千円以上のコースでないと受け付けないといわれ、昼食に五千円以上って……、とは思ったのだが、自分と二十代後半の娘と甥《おい》の三人分を予約した。

店に行くと開店前から長い行列が出来ていた。三人は、

「予約をしておいてよかったね」

といいながら案内された席に着いた。予約の際に、列車の出発時刻を知らせておいたためか、懐石料理なのに次々にどっと料理が出て来たのは仕方がない。しかし汁物に口をつけたとたん、三人の顔が、

「?」

となった。そして首を傾《かし》げた後、

「これ、お湯?」

とみんなが口に出したというのだった。

関西の味付けは薄いといいながら、薄いながらも深い味わいがあるものだ。彼女の話を聞き、ずいぶん前に数人で大阪のおでん屋に行き、鍋で出てきたおでんの汁に、昆布や鰹の姿がみじんもなく、

「これ、お湯？」

といいたくなるようなものが出てきて、びっくりしたのを思い出した。私が今までに遭遇したまずいもののトップスリーの二番目にランキングしたものだった（ちなみに一位は中国の田舎の食堂で食べた、椿の葉の炒め物と羊肉の餃子《ギョウザ》である）。同席していた年長者が、

「このまま食べるのですか」

とたずねたら店員さんは、

「はい、そうです」

とうなずいた。おでんのネタもおいしくなく、とてもこれは食べられたものではないと、お金だけ払ってすぐに店を出てしまった。そして仕方なく、ホテルに戻ってサンドイッチを食べた。当時はグルメレビューサイトなどなかったが、その店はおいしいと聞いていたので拍子抜けしてしまったのだった。

「そうなのよ、そのお湯なのよ」

友だちの声が大きくなった。刺身も生臭い。娘さんは小声で、

「これ、腐ってないよね」

といい、友だちも、

「まさか。でも本当に生臭いわね」

と困惑しつつ、おれが食べるという男子に二人分を提供した。そして湯の汁のほうには、刺身用の醤油をこそこそっと入れて味付けをしたりして、せっかくの食事だというのに、どっと疲れてしまった。

おまけに帰り際、彼女が支払いのために出したカードを見た、責任者らしい女性がいそいそと出てきて、

「お味はいかがでしたか。東京にも店がありますので、そちらのほうもよろしくお願いします」

と挨拶をしてきた。まさか「まずかった」とはいえないので、気持ちに反して
「おいしかった」というしかなかった。

「正直に、まずかったといえたら、どんなによかったかしら」

友だちはもやもやとした気持ちがずっと続いているのだそうだ。

私はその話を聞き、家に帰ってグルメレビューサイトでその店を検索してみたら、

評価は高かった。サイトのレビューなど気にせず、それぞれ自分の舌で判断すればいいのだが、どこの店であっても、あまりに自分の感覚と違うレビューばかりだと、一時、問題になっていたが、

「頼んで書いてもらったんじゃないの」

と疑いたくなる。

レビューサイトは、基本的には店を貶《おとし》めるものではない。しかし正直に☆1や☆2がずらっと並んだとしたら、店にとっては死活問題だろう。本当にそれらの食事がおいしいと感じた人が評価したのだとしたら、それに対しては何もいえない。でもまずかったのだ。彼らの舌が変なのか、私のほうが変なのかと、頭の中がぐるぐるしてくるのである。

24 しぶとく生きるための食

コロナ騒ぎで、うちの近所では、まだトイレットペーパーと箱入りティッシュペーパーの姿はない。私は東日本大震災のとき、家に使いかけのロールしかなく本当に困ったので、それ以来、一パック十二ロール分は余分にストックしておくようにしたため、今のところは安心している。商品は不足していないようだが、店頭にないのは開店と同時に買い占める輩《やから》がいるからだろう。

買い占めはよくないと怒っていたのだが、ふと私が小学生のときの出来事を思い出した。近所の店で大安売りがあり、白砂糖が一袋百円、一人一個限りで販売と知った母親が、

「子供だって一人分にはかわりはない」

と小学生の私と弟を連れ、買い物客の行列に並ぶときに私たちにそれぞれ百円玉を持たせた。そして何か店の人に聞かれたら、

「私はお母さんにいわれて、おつかいに来ました」

といえといったのである。私はもしも店の人に咎《とが》められたらどうしようかと、内心、どきどきしていたのだが、問題なく砂糖が買えた。帰り道に母親から、くっついて歩くと怪しまれるから、ちょっと離れて歩けといわれ、彼女と距離を取りながら、砂糖の袋を抱えて帰った。

家に帰った母親は、目的を達成した喜びからか、ものすごくうれしそうな顔で、

「えらい、えらい」

と私たちを褒めちぎり、おやつにホットケーキを焼いてくれた。ちゃっかりした母親のおかげで、格安の白砂糖を三袋も買えたのである。あのときの母親もいわゆる買い占め派で、そして私と弟も、その一味だったなあと苦笑した。

それ以降、私は買い占めなどはせず、ふだんと同じように生活をしている。外出自粛といわれても、私は家で仕事をするのが普通だし、趣味も読書とか編み物とか三味線を弾くとか、インドアのものばかりなので、外に出られなくてもストレスは溜《た》まらない。生きるのに最低限必要なものは買えているわけだし、通勤される方々は大変だが、私は特に不自由さは感じていない。外出するのは週に一度の漢方薬局での体調チェックのときだけで、その際に各所への支払いをしたり、食材などをまとめて買ったりしている。運動も必要なので、そのときにはひと駅手前で降りて、

歩いて帰っている。

私の知り合いには出歩くのが好きな人がいて、ほぼ毎日、用事がなくても都心に出かけ、ウインドーショッピングをし、自分一人だけでも一日に一度は、必ず外食をしていた。そういった習慣がある人は、ストレスが溜まって辛《つら》いのかもしれない。それは個人の生活スタイルの違いなので、いいとか悪いとかではない。

時間が経っているのに、まだスーパーマーケットにトイレットペーパーがないね、と友だちに話したら、

「トイレットペーパーもそうだけど、昨日、デパ地下に寄ったら、野菜がほとんどなかったわよ」

という。たしかに都内での感染者が増えはじめてからスーパーマーケットに行くと、いつもより人が多く、たくさん買い物をしていたのは事実である。

「残っていた野菜がね、うどとふきっていう、一手間かかるものばかりなのよ。肉も全然なかった」

友だちは苦笑していた。

「デパートより、近所のスーパーのほうが、物があるんじゃやないの」

私は散歩ついでに買い物に行く、隣町のスーパーマーケットでも、商品が減って

はいたが、欲しい食材はみな入手できたよと話した。彼女の住んでいる場所は中途半端に都心に近いため、商店街やスーパーマーケットもなく、食材を買いに行くのはデパートしかないのである。

都知事が週末の外出自粛要請をした翌日、スーパーマーケットの買い物客は特に多かった。ふだんよりも男性客の割合が多いのが印象的だった。なかで八十歳前後と思われる高齢女性二人が、それぞれカートにカゴを積んで、野菜や魚、肉、缶詰、冷凍食品、パンなどをいっぱいに入れていた。その姿を後ろから見ながら、

（ずいぶんたくさん買うんだなあ）

と感心していた。私は数点ほど買って精算し終わり、サッカー台で持参のバッグに商品を入れていると、精算を済ませた彼女たちがやってきた。そしてレジ袋に食品類を詰めはじめたのだが、結局、ぱんぱんに膨らんだレジ袋が六個、台の上に置かれた。そして二人は小声で、

「持てないわ。どうしましょう」

とこそこそと話しはじめた。

あれだけカゴに物を詰め込んでいたのだから、それはそうだろうと、私は彼女たちはどうするのかと気になった。せめて満杯のレジ袋が四個なら両手に一個ずつ持

てる。しかし六個もあったら、残りの二個はどうするのか。まさか口にくわえるわけにもいかないだろうし、たしかこの店は配達サービスはなかったはずだけどと考えていたら、やはりそのように店員さんからいわれて、二人は途方にくれていた。

車や自転車で買い物に来ている人は別にして、徒歩の人は店の備え付けのカートで買い物をしてはいけないといわれている。手に持っているカゴだと重さがわかるが、カートだとわかりにくいからだ。みんなが知っていることだと思っていたが、そうではなかったらしい。きっと彼女たちは心配が先に立ってしまい、あれもいる、これもいると目についたものを、無意識に片っ端から買っていったのだろう。持てない分は、彼女たちの余分な欲だったのだ。自分への戒めとして、記憶に残しておくつもりである。

スーパーマーケットに入ると、ドアのすぐ横に陳列されているものが、そのときの店のイチ押し、つまりいちばん売れるであろう品物が置かれている。私はそれを見ながら、いつも、なるほどと面白がっているのだが、最近、ずっと置かれているのが、パック入りの御飯、餅、レトルトカレー、カップ麺だ。餅は意外だったけれども、手をかけないですぐに食べられるし、主食にもおやつにもなるので、便利なのだろうか。パック入りの御飯だったら、湯煎だったら十五分くらい、電子レンジを使えば二、三分で食べられる状態になる。茶碗に移さなければ、食べた後はそのまま捨てればよい。しかしカゴいっぱいに、菓子パンのみを山積みにしている高齢女性を見たときは、

「それだけで体は大丈夫なのか」

と心配になってしまった。人は不安なときには甘い物を欲するらしいので、それも影響しているのかもしれない。

ふだんとは違う生活で家族仲が悪くなっている人たちもいるようだが、なかにはせっかく家にいられる機会なのだからと、前向きに考えている人も多い。興味はあったのだけれど、時間がなくてできなかったことをやってみようと、ケーキを作ったり、燻製《くんせい》をしてみたりと、料理に挑戦している人々もいた。休校中の高校生男子が共働きの両親のために、自分が料理担当になって、晩御飯を作ると決めたとか、子供たちが手分けして、野菜を切ったり、料理の下準備をしておくとか、みんなで協力したりと、うれしくなる話もいろいろと聞いた。

子供たちにとっては、これまで親まかせだった食事作りや家事に、少しでも関わるのはとてもいい経験だろう。それが一時期だけのことであってもだ。それぞれの家庭の事情もあるだろうが、ただすべてを店で買ってそれを消費するだけでは、家

族の間で何も生まれない。何があるかわからない今の世の中では、自分で何を作れるのかが、大きなポイントになってくるのだ。

いつまでこのような状態が続くかわからないし、都市封鎖になる可能性もあるだろう。そんなときにどうしようかなあと考えて、私が選択したのは乾物だった。ふだんから家に置いているが、それらを多めに買っておけば、電気やガス、水道は幸いにも使えるのだから、調理をするには問題がない。米も乾物だけれど、カップ麺も一種の乾物なのかもしれないと思いながら、うちの台所の棚や引き出しにある食材を思い出してみると、冷蔵庫のなかには、野菜、魚、鶏肉などの生鮮食料品、味噌が入っている。冷凍庫には、出汁《だし》用の煮干しと昆布、えのき、しめじ、まいたけなどをほぐして、ひとつの袋に入れたもの、細切りの油揚げなど。私は若い頃から、最低限、水、米、味噌さえあれば、生き延びられると思っているので、基本としてこれだけは絶対に欠かさない。水は七年間保存できる保存水を、随時二箱常備している。一箱五百ミリリットル入りのボトルが二十四本入り。家族がいる人は二リットル入りのほうがいいかもしれないが、冷蔵庫が使えなくなった場合、ひとり暮らしだとこちらのほうが使い勝手がよさそうな気がしたからだ。ローリングストック方式で、賞味期限が切れる前に使って、そのつど補充している。

乾物は切り干し大根、乾燥まいたけ、乾燥わかめ、乾燥ひじきなど。最近はそれに加えて、乾燥野菜も加えるようになった。もしれないが、うちの周辺は野鳥が多く、食べられそうなものがあると、すぐに見つけて飛んでくる。以前、生椎茸《しいたけ》をたくさんいただいたので、平たいざるに入れてベランダで干していたら、なぜかうちのネコがその上に寝転がって昼寝をしたため、すべてだめになってしまった。

そのような事情のため、今のところ自家製は無理なので、近隣のスーパーマーケットの乾物売り場で売っているものを買っている。白菜、人参《にんじん》、小松菜、キャベツ、れんこん、ごぼうなどで、キャンプの調理の際に使う人が多いと聞いた。家族で毎日使うとなると、割高になってしまうから使いにくいかもしれないが、ひとり暮らしの保存用乾物としてはちょうどいい。その他、香味野菜入りと、アンチョビとにんにく入りのトマトソースの瓶詰めをそれぞれ二個ずつ。肉、魚、野菜などすべての料理に使いやすいので常備している。

いくら乾物が便利といっても、食べる習慣がなかったら、急にそういわれても戸惑うだけだろう。乾物をストックしておかなくても、室内に幽閉されているわけではないので、ちょっと外に出れば、いくらでもお惣菜《そうざい》が買える。ただし何らかの事情で、流通ルートが途絶え、カップ麺も菓子パンも買えなくなったらどうするのだろう。大変だが、せっかく今まで経験したことがない出来事のなかにいるのだから、自分が生きるための食事について、考えるといい。見てはいけないと思いつつ、前を歩いている人のレジ袋に目をやると、お弁当をたくさん買っている人も多い。あんなに買って、どうするのかと前出の友だちに聞いたら、そのまま冷凍庫で保存して、食べたいときに電子レンジにかけるのだと教えてくれた。

週に一度の外出日、電車に乗っていたら、乗り込んできた若い女の子が、右手にメロンパン、左手に五百ミリリットルサイズのペットボトルコーヒーを持っていた。どうするのかと見ていたら、座席に座ったとたん、おもむろにそれらを食べ、飲みはじめたのである。ふだんでさえ、電車内の飲食については、衛生面ってどうなの？　と疑問を持っていた私だが、この感染症の脅威が叫ばれているときに、よく車内で飲食できるなあと、びっくりしてしまった。食を気にする人、気にしない人、本当に人それぞれだと、日々、驚かされているのである。

たべる生活《せいかつ》
朝日文庫
2023年11月30日　第1刷発行
2024年 1 月30日　第2刷発行

著　　者　群《むれ》ようこ

発 行 者　宇都宮健太朗
発 行 所　朝日新聞出版
〒104-8011　東京都中央区築地5-3-2
電話　03-5541-8832（編集）
03-5540-7793（販売）
印刷製本　大日本印刷株式会社

Published in Japan by Asahi Shimbun Publications Inc.

ISBN978-4-02-262085-9